Los ejércitos

顔のない軍隊

エベリオ・ロセーロ
八重樫克彦・八重樫由貴子［訳］

作品社

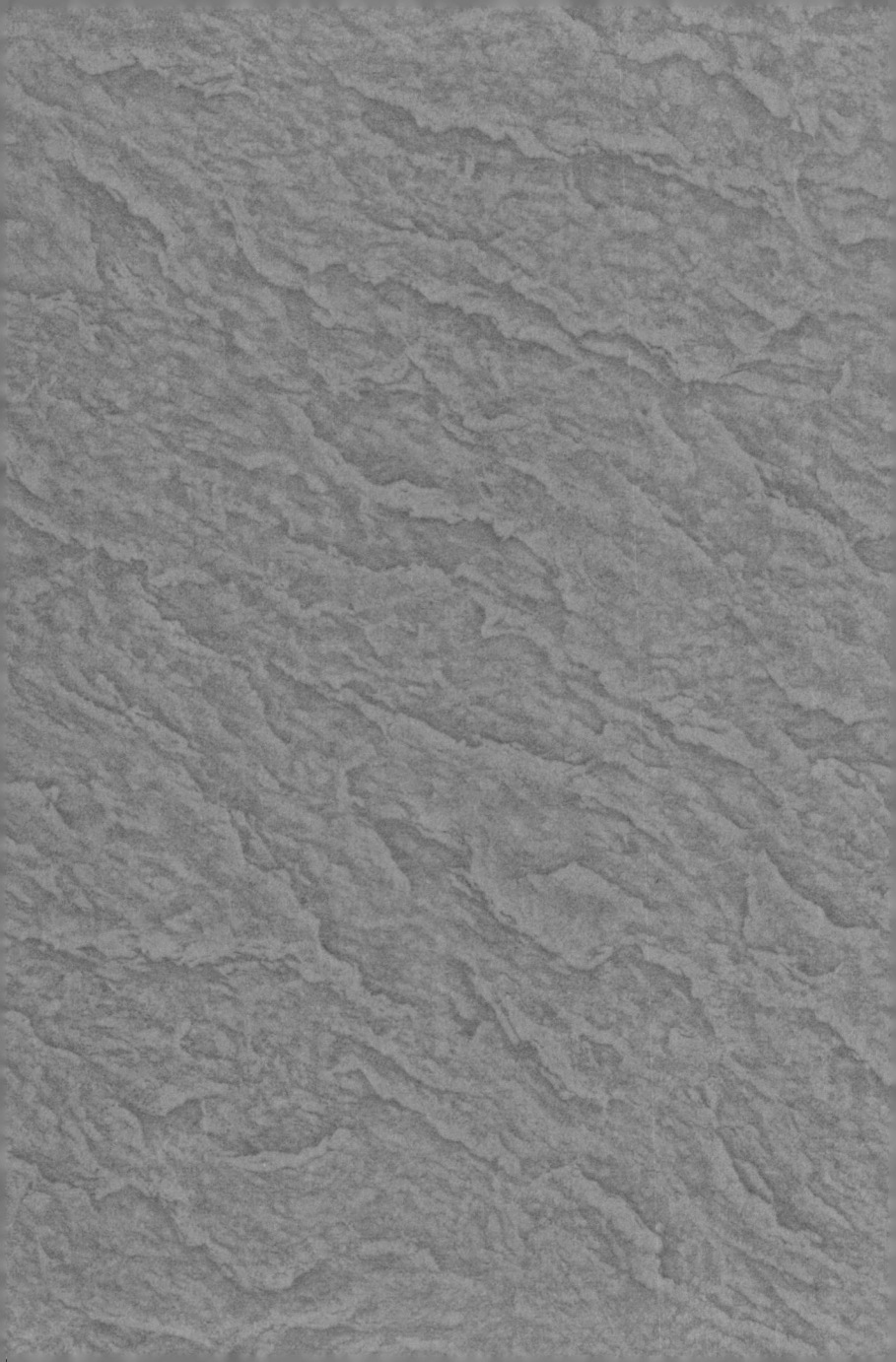

顔のない軍隊

サンドラ・パエスに捧げる

死者をパロディーにしても、罰は当たらないだろうか？

モリエール

§1§

まあ、言ってみりゃこんな具合かな。うちの隣のブラジル人の家じゃ、年がら年じゅうコンゴウインコが笑っていてさ。庭のはずれの境の塀から、しょっちゅうおれはそいつを耳にしているんだ。はしごに登ってオレンジをもいで、ヤシの葉で編んだでっかいかごにぽんぽん放りながらね。おれの後ろじゃ、三匹の猫がそれぞれアーモンドの木に登ってさ。ときどき背中にやつらの視線を感じるんだ。猫どもがおれに何て言っているかって？　別に。やつらのことなどわからんよ。そのまた後ろじゃ、うちの女房が池の金魚に餌をやっていてさ。あいつもおれも金魚も猫もそうやって年を取ってきたんだ。で、女房と金魚たちがおれに何て言っているかって？　別に。やつらのことなどわからんよ。

次第に日がじりじりと照りつけてくる。

ブラジル人のかみさん、スマートなヘラルディーナが、日差しを求めて素っ裸で出てきてさ。

テラスに敷いた赤い花柄マットにうつぶせになって日光浴を始める。隣のパンヤ《セイバ》の木陰じゃ、ブラジル人のだんなの大きな手が、なかなかの腕前でギターをかき鳴らしていてさ。けだるく穏やかな歌声がコンゴウインコの甘いさえずりと相まって聞こえる。テラスでのひとときはそんなふうに、太陽と音楽に包まれながら過ぎていくんだ。

台所じゃ、かわいいお手伝いさん――〝グラシエリータ〟って呼ばれている――が黄色い踏み台に乗って皿洗いをしていてさ。庭に面したガラスのはまってない窓から、後ろ姿が丸見えだ。少女はそんなのちっとも知らずに、お尻をふりふり洗いものをしている。飾り気のない真っ白なスカートのなかで体の隅々まで揺さぶって、リズムに乗って休むことなく作業に専念しているよ。洗い桶に突っ込んだ小麦色の両手のなかで、皿やカップが躍っていてさ。たまにギザギザのついたナイフが桶からひょっこり顔を出す。やけに誇らしげにぎらついてやがると思ったら、すでに真っ赤な血がついていてさ。けがしたあの子はさぞかし痛かろうが、おれも血染めのナイフにゃグサッとやられた気がするよ。そんなあの子をブラジル人の息子、エウセビートが後ろからこっそりのぞいていてさ。そいつをさらにおれが庭のはずれの塀越しに、こっそりのぞいているってわけだ。片やこそこそパイナップルの並んだテーブルの下に入り込み、相手のことをじっくり盗み見してさ。片や堂々と作業に没頭して無我の境地に入り込み、相手のことなどちっとも考えちゃいない。少年は――初めて発見した神秘を前に――真っ青になって震えてはいるが、少女の白いパンツが大きな尻の割れ目に食い込むさまを、うっとりとかつ悩ましげに見つめている。当然、おれのところからそこまで見えるわけがないが、想像力を駆使しているんだよ。ふたりは同い年だから、あの子は今年十二になる。太っているが背は高く、褐色の肌でほっぺは赤く、瞳と縮れ毛は漆黒で。胸には未熟で硬い果実がふたつ、お日さまの光を求めて背伸びをしている。年端もいかずに孤児になってしまってね。この村が最後に攻撃されたとき、両親が死んでしまったんだ。右派自警団《パラミリターレス》か左翼のゲリラか、どの軍隊のしわざかはわからんが、ダイナマイトが聖体奉挙の最中、教会のどまんなかで炸裂してさ。聖木曜日の最初のミサで村の半数が集まっていたから、十四人も亡くなって六十四人もけがしたよ。あの子は一緒に教会へ行かず、学校で砂糖菓子人形を売っていて、奇跡的に助かったのさ。アルボルノス神父の口利きのおかげでブラジル人の家に引き取られ、住み込みで働くことになったが、あれから早くも二年になるな。ヘラルディーナが上手に仕込んで、どんな料理もお手のもの。最近じゃ新作を編み出すほどで。少なくともここ一年、ヘラルディーナはまったく台所仕事にタッチしていない。何てったってこっちは、ずっと目の当たりにしているんだから。彼女が朝っぱらからごろごろと寝そべってワインを飲み、これはわたしの心臓の色、これはわたしの心臓の生地だと言わんばかりに、肌の色と髪のつやだけを気にしてこんがり日焼けしていくさまを。とはいえそれは、けっして無駄なことじゃない。何てったっておれたち村の男どもは、彼女が長い赤褐色の髪を翼のようになびかせて、サン・ホセ平和村の通りを闊歩する姿に、そぞろ歩きの楽しみを見出しているんだから。若いのにしっかり者のヘラルディーナは、グラシエリータの稼いだ金を全部貯めてやっている。よく、「あなたが十五になったら」って話していてさ。「預かっているお金をちゃんと渡して、いっぱい贈り物をあげるから。洋裁でも学んで花嫁修業をして。結婚して子どもが生まれたら、わたしたちが名づけ親になってあげる。そして毎週日曜日には家族でこの家に顔を出すの。そうよね、グラシエリータ？」そう言って彼女が笑い、グラシエリータも笑って応じるのを、おれはたびたび耳にしている。あの子には自分の部屋があてがわれ、毎晩自分の人形たちに迎えられ、一緒に自分のベッドで眠っているんだから。一家が彼女を実の娘同然に扱っていることは、一番近くに住んでいるおれたち夫婦が誓って保証するよ。

日中ともなれば、子どもたちは現実を何もかも忘れ、光あふれる庭でじゃれ合っている。おれはその様子をながめることもあれば、聞くだけのこともある。木々のあいだを駆けまわり、家から連なる芝生の丘を、両手をつないで転げまわり、柔らかな斜面に倒れ込む。遊びに飽きると自然と指を絡ませて、互いの頭や脚が触れ、息が混じるほど頬寄せ合って、ぴょんぴょん飛び跳ねていく黄色いカエルを夢中で追いかけ、花のあいだからにょろりと這い出した蛇に仰天して身をすくませる。そのうちテラスからお呼びがかかる。ヘラルディーナの呼び声だ。一糸まとわぬ姿で白日の下にみごとなボディラインを浮き立たせ、甲高いが心地よい声でもう一度呼びかける。「グラシエリータ、廊下の掃除をしてちょうだい」。

遊び時間は終わりを告げて、一抹の侘《わび》しい倦怠感がふたりを現実へと引き戻す。少女は即座に駆け出すと、庭を横切り、掃き掃除に戻る。白い仕事着をぱたぱたとはためかせ、腹部にぴったり張りつかせては、恥部をくっきり浮き彫りにして。そんな彼女を遅れじと追うものの、少年が再開するのは別の遊びでね。わけもわからず無意識でおこなう本能的な遊び。幼いながらもおれと同じ衝動に駆られた、スリル満点のゲームだよ。まだ新米だが、相手に気づかれることなく盗み見るところがたまらないらしく、嬉々として女体に見入っているよ。まずは横顔、次いで何を夢見ているのやら物思いにふける瞳、やがて視線は足元に下り、ふくらはぎから丸い膝小僧、脚全体へと上っていく。とはいえ太腿止まりだが、運がよければそのまた上の、秘められた深みに達することも――。

「毎日そうやって塀に登って。よくもまあ飽きませんね、先生」

「飽きるも何も、オレンジをもいでいるだけさ」

「それと、うちの家内をながめているんでしょう」

そこで一瞬、ブラジル人とおれは目と目で見つめ合った。

「一見」と相手のほうから先に口を開いた。「お宅のオレンジは丸くていい形をしているが、それよりもすこぶる形がいいのは、うちの家内の体つき、でしょう?」

おれたちは笑い合う。もっとも、ほかに反応のしようもないからだけど。

「確かに」と答えるおれ。「あんたの言うとおりかもな」

そのときおれは彼の細君ではなくグラシエリータのほうを見ていたが、話につられてテラスの奥につい目をやってしまってね。とたんに、マットにうつぶせたヘラルディーナのあられもない姿が視界に飛び込んできたよ。どうやら伸びをしているようで、両腕と両脚を樹木のごとく四方にめいっぱい広げている。おれはそんな彼女を虹色に輝く昆虫と思うことにした。だがその努力もむなしく、きらめくバッタはすっくと立ちあがるや、一瞬にして裸の女に早変わり。おれたちのほうを見るや、猫のようにゆっくりと確実な足取りでこっちに向かって歩き出した。日かげでは敷地に生えているユソウボク《グアヤクム》の木の影に覆われ、無数に垂れたセイバの枝葉に触れながら、日なたでは強烈な陽光をまともに受けて、純然たる光のなかに飲み込まれてしまったかのように、輝くよりもかえってぼやけながら。そうやって影のように近づいてくる彼女を、おれたちふたりは見つめていた。

ブラジル人ことエウセビオ・アルミダは短い竹の棒を手に、カーキ色をした厚手の乗馬ズボンを軽く叩いている。猟から戻ったばかりなんだろう。そう遠くない場所で、彼の愛馬が地面を踏み鳴らす音が、コンゴウインコの散発的なさえずりに混じって聞こえてくる。小さな丸いプールを縁取る化粧タイルを踏み踏み、裸の妻がやってくるのをながめている。

「わたしは」と微笑《ほほえ》みながら率直に切り出す。「彼女が何とも思っていないことは承知していますし、その点は何も心配していません。むしろ心配なのはあなたのほうですよ、先生。心臓が痛むことはありませんか？　おいくつでしたっけ？」

「教え子の数なら村の大人のほとんどだよ」

「へ？」

「だって事実なんだから」空を見上げておれは答える。「村長に読み書きを教えたのはこのおれだし、神父のアルボルノスもしかり。どっちも耳を引っ張ってお仕置きしたものさ。おれが間違えてなかったってことは、あんたも認めるだろう。あいつらには、いまだに説教する必要がありそうだからな」

「はぐらかさないでくださいよ、先生。そうやって話題をそらすんだから」

「課題が何だって？」

そう切り返したときには、すでにかみさんはだんなのそば、すなわちおれのすぐ近くまでやってきていたよ。とはいえ悲しいかな、彼女とおれは、塀と年齢差によって隔てられているがね。額に汗を光らせ、全身で微笑んでいてさ。のぞいたわけじゃないからあくまでおれの想像だけど、小さな歯の並んだ泣いているような口と同様に、まばらな柔毛の下にあるピンク色の口からも、明るい笑いが放たれているって感じだった。

「お隣さん」村の通りで出くわしたときみたいに、快活に声をかけてくる。「わたし、すっごく喉が渇いているの。オレンジをひとつくださらない？」

おれは眼下二メートルの位置に、うれしそうにぴったり寄り添うふたりを見下ろし、若い夫婦は笑顔でこっちを見上げ、おれの反応をうかがっている。一番熟れた実を選び、皮を剝いてやるあいだ、彼らは楽しそうに体を揺すっている。彼女も彼も裸を気にする様子はなくて、気にしているのはおれだけだ。どうにも避けがたい感情をどうにかこうにか抑え込み、晩年を迎えたここ数年、女の裸体などへでもないし、どぎまぎすることなどありえないといったふうをよそおった。剝いたばかりのオレンジを手に、彼女のほうに腕を伸ばす。

「気をつけて、先生、落っこちますよ」ブラジル人が注意を呼びかける。「いっそのこと投げてください。こちらで受け取りますから」

だんなの忠告を無視してはしごに足をかけたまま、おれはさらに身を乗り出して塀越しに腕を伸ばしたんだ。ヘラルディーナを煩《わずら》わせることなくオレンジを手渡せるようにね。驚きに半ば口を開きつつ彼女は一歩前に出て、難なく果実を受け取った。うれしそうに再び笑顔を見せながら。

「ありがとう」と礼を言われた。

甘くほろ苦い吐息が赤い唇から流れ出る。甘酸っぱいその香りには、おれもだんなも、ぞくっとしたよ。

「ご覧のように」とブラジル人が言う。「あなたの前を裸でうろつくことに、ヘラルディーナは何の頓着もない」

「彼女の判断は正しいよ」とこちらも応じる。「おれくらいの年齢になれば、何でもかんでも見てきているから」

ヘラルディーナが歓声を上げた。期せずして鳩の群れが塀の上に降りてきたからだ。だが、同時にこちらのことも興味津々に見つめている。まるでこの世で初めておれを発見したかのような目でな。もっとも、おれはどうとも思っちゃいないよ。いつかは発見されるはずだったんだから。瞬間的に赤面したが、次いでほっとしたような、がっかりしたような、それとも同情したのかな？　どうせおれの老け顔や、いつ死んでもおかしくない年齢、老人特有の気品みたいなものに安心したんだろう。だとすれば、彼女の全身から流れ出る、石鹸と汗、外を覆う皮膚と内に隠れた骨からにじみ出るエキスの混ざった芳香を、おれがこの鼻全体、それどころか心全体で感じようと、思いっきり吸い込んでいる事実にはまだ気づいてないだろう。ふと彼女に目をやると、両手に抱えたオレンジの房をはずしている。ようやくひとつ口に含み、しばし口のなかで転がすと、噛んでおいしそうに飲み込んだ。あふれる果汁が二、三滴、唇から滴り光っている。

「わが隣人には脱帽だな」誰にともなくブラジル人がつぶやく。

彼女のほうは息を呑み、あっけにとられた顔をしていたが、やっとのことでわれに返り、太陽を仰いで微笑んだ。

「そうね」と気の抜けた返事をする。「まったくそのとおりだわ」

そしてふたりは寄り添ったまま、木陰に沿って去っていった。が、数メートルほど歩いたところで急に彼女だけ立ち止まり、こっちを振り返ったんだ。ちょっと距離が空いたおかげで脚の開きがよく見えて。おまけにそのどまんなかに日差しがもろに当たっていて。そしておれに向かって叫んだんだ。変わった鳥のさえずりのような声で。

「オレンジ、おいしかったわよ、ご主人」と。

珍しく〝お隣さん〟とは言わなかった。

そう声をかけたとき、すでに彼女は悟っていたのさ。ほんの半秒のあいだとはいえ、おれが目を合わせていないことに。すると、にわかに内面に——それが何の力かは、本人にだってわからんだろうが——濁った水が渦巻くように強い力が満ちてきて、思い至ったにちがいない。おれの視線の行方にな。悩ましげなおれの目が、瞬時に下へと降りていき、半ば開いた中心部をこっそりのぞいていたことに。彼女の別の口からは、心の奥に秘められた内なる声が飛び出しそうだ。「そんなに見たけりゃ、見てみなさいよ」。第二の口が叫んでくる。老いらくの身にもかかわらず、いや、老いているからなおのこと、おれに向かって訴えてくる。「そんなに度胸があるならば、見てみなさいよ」と。

§2§

確かにおれは老いてはいるが、見くびられるほど衰えちゃいない。はしごを降り降り、そんなふうに考えた。庭では女房が早々とレモネードを手にお待ちかねだ――おれにグラスを差し出すことがあいつの〝おはよう〟代わりなんだ――が、今朝はふだんと勝手が違い、こっちをじろじろながめてくる。いかにも哀れんでやっているって感じのまなざしで。

「わたし、ずっと思っていたのよ。いつか隣の夫婦からばかにされるにちがいないって」開口一番このせりふだ。「毎朝毎朝のぞきまくって、恥ずかしいとは思わない？」

「いいや」とおれはすっとぼけてみせる。「いったい何が恥ずかしいっていうんだ？」

「あんた自身に決まっているでしょ。年甲斐もなくあんなことして」

そこでふたりは口をつぐみ、それぞれレモネードを飲み干した。毎度のごとく金魚や猫を話のネタにすることもなく、収穫したオレンジを売るんじゃなくてあげちまおうかと相談し合うこともない。いつものように花や新芽をながめて愛でることもなく、生き甲斐と化した庭の模様替えを語り合うこともない。そのまま台所に直行して、思い思いに朝食をとった。ブラックコーヒーに半熟卵、揚げバナナの定番メニューが、ぎくしゃくした空気を多少和《やわ》らげてくれたよ。

「実際」ようやくあいつが口を開く。「わたしのことなんか、あんたはちっとも心配してない。そんなのこっちはお見通しだわ。だてに四十年連れ添ってきたわけじゃないんだから。それはあの夫婦も同じこと。あんたら三人は手遅れよ。だけど、子どもたちはどうなるの？　奥さんは年じゅうすっぽんぽんで、息子や哀れなグラシエリータの前をうろついている。来る日も来る日も裸を見せられ、どんな大人に育つと思って？」

「子どもたちは見ていやしないさ」そう言っておれは切り返す。「まるで何も見えてないように、まったく気にせず接しているよ。いつも母親は裸をさらし、父親は歌い、まわりで子どもらが遊んでいる。それがあの家の習慣なのさ」

「まあまあ、ずいぶんおくわしいこと。そんなことまで知っているようじゃ、かなりの重症だわ。あんたは誰かに相談すべきね。たとえば、アルボルノス神父とか」

「誰かに相談しろだって？」まずそのことにおれは驚き、もうひとつおまけに驚いた。「しかもアルボルノス神父と来たか」

「かつてはあんたの偏執なんか、単なる戯《ざ》れ事《ごと》と見なしていたけど、この年になってもこの調子じゃあ百害あって一利なしだわ。わたしなんかがあれこれ言うより、神父さんのほうがよっぽどましでしょう。正直いってわたしのことなど、あんたはどうでもいいわけだし。こっちだって見るに忍びないじじいさんより、金魚や猫のほうがずっと大事だわ」

「だけど、アルボルノス神父はないだろ」おれは思わず苦笑した。「あいつはおれの教え子じゃないか。おあいにくさま、とっくの昔にあいつには告解してきたよ」

そう言って台所をあとにすると、新聞を読みにベッドに向かった。

おれと同様、女房も教師で、やはりすでに退職している。教育省からの年金は、揃いも揃って十カ月遅れだ。サン・ビセンテ——っていうのは、彼女の生まれ育った村で、おれの故郷のこの村からは六時間くらいの距離——にある学校で教えていた。知り合ったのは四十年前、サン・ビセンテのバスターミナルでのことだ。当時は、トタン張りのどでかい納屋みたいな建物でさ。果物の積み荷やトウモロコシパンの袋の山にあふれ、犬だの豚だの鶏だのがうろうろしていて、排気ガスでいっぱいで、出発待ちの乗客でごったがえしている、そんなさなかに彼女を見たんだ。二人がけの鉄製ベンチにひとりで座ってさ。あまりのまぶしさに圧倒されてしまったよ。夢見るような黒い瞳、広い額と細い腰、ピンクのスカートに包まれたボリュームのある臀部。リネンの半袖ブラウスからは華奢で白い二の腕が剝き出しで、おまけに生地の色が薄くて乳首の濃さまで透け透けだ。すっかり舞いあがったおれは、天にも昇る心地になって、行って隣に座ったんだ。

すかさず彼女は席を立ち、髪を整えるふりをして、おれを横目でちらりと見ると、交通局の張り紙をながめに離れていってしまったよ。まさにそのとき、その場所で、まったく予期せぬ事件が起こり、滅多に見られぬ田舎《いなか》美人からおれの興味はそらされた。そんなことでもなかったら、おれの視線はそれっこないよ。おれの隣のベンチには年配の男が座っていてさ。ぶくぶくに太って白の背広の上下で、帽子もポケットからのぞくハンカチも白。一心不乱に夢中になってアイスクリーム――これまた白――をなめまわしていた。ひと目惚れした女のことより、そいつの白が勝るとは。何でもかんでも真っ白けで、太い首に光る玉の汗さえ白く見えたくらいだよ。扇風機の真下にいるのに暑くてたまらんといった様子で、白ずくめのでかい図体でベンチ二人分を占領し、わがもの顔でくつろいでいてさ。両手の指に一本ずつ銀の指輪をはめていて、小脇に抱えた革かばんには書類がいっぱい詰まっていたよ。純真無垢って顔をして、青い瞳でぼんやりとあっちこっちをながめていてさ。甘く穏やかなまなざしで一度はおれを見つめたが、二度と見ることはなかったよ。そこへ彼とは対照的な若い男がやってきた。がりがりに痩せて擦り切れた半ズボンにシャツ姿で、靴すら履いてない。脇目もふらずに近づいて、彼の額にリボルバーを当てるや一発お見舞いしたんだよ。銃口からは煙が上がり、おれのとこまで漂ってきた。まわりで見ていた皆にとってはまさに文字どおりの白昼夢だったが、被害に遭った本人にとっても寝耳に水のできごとだったろう。頭をぶち抜かれたその瞬間、まぶたをぱちくりしたものの、そんなことよりアイスクリームに未練があるって面《つら》してさ。がりがり男の一撃でぶくぶく男は即死だった。手にアイスクリームを握ったまんま、居眠りし出したみたいに、目を閉じ、横に傾いた。殺人犯は拳銃を遠くに放って——誰も拾いには行かなかったが——涼しい顔してターミナルを去った。誰にも引きとめられずにな。ただ、拳銃を投げる直前、一番近くにいたおれを見てさ。死人みたいなそのまなざしに、おれはひどくショックを受けた。あんな思いは初めてだったよ。石でできた人間っていうか、彫刻にでも見つめられたようで。おまえに残り弾を全部撃ち込んでやると、語っているように思えてね。それと同時に気づいたんだよ。殺害したのは若者どころか、十一、十二の少年だって。まだほんの子どもじゃないか。そのときその子が追いかけられたか、捕まえられたかも知らないし、知ろうとさえもしなかった。吐き気がするほど悪寒がしてさ。けっして目つきのせいじゃなく、相手が子どもだったから。いろんな理由があったけど、いたいけな子どもが殺人を犯す、それが心底怖かった。何の根拠もなく、おれも殺されると思ってさ。とにかくここから逃げねばならんと、便所を探しに走ったよ。混乱極まるターミナル内を、小便がしたいのか、吐きたいのかもわからんままに。皆怯《おび》えていたからか、関心がなかったからか、大勢の男たちが死体のまわりに集まっていたのに、誰ひとり犯人を追おうとしなかった。どうにかトイレが見つかった。くすんでひび割れた鏡の並ぶ、狭い洗面所の一番奥に——ターミナルと同じトタン張りの——個室がひとつだけあった。勢い込んでドアを開けると、お取り込み中の彼女がいてさ。ピンクのスカートを腰までまくり、青白い太ももをさらけ出し、驚きに身をこわばらせている。おれは慌てて「失礼」と告げ、すまなそうにドアを閉めたが、今ひとたび彼女を拝むべく、露骨でない程度に速度を緩めた。たくしあげたスカートの裾からのぞく尻の丸み、ほとんど裸といっていいほど剝き出しになった下半身、慄《おのの》きと驚きと喜びに大きく見開いた輝く瞳――ほれぼれと見つめられているのを知って、さぞかし得意になっていただろうと、今なら納得いくってもんさ。その後は運命のいたずらか、首都へと向かうおんぼろバスで、たまたま席が隣になった。十八時間以上の長旅で、バスターミナルでの殺人事件は言葉を交わすいい口実となった。ときおり触れ合う腕からは肌の感触だけでなく、恐怖やら憤慨やら、のちに生涯の伴侶となる女の思いが丸ごと伝わってきていたよ。そのうえこれまた偶然にも、ふたりは同じ職業だった。そんなの誰が予想したよ、なあ？　教師だなんて奇遇だな。失礼ながらお尋ねするが、きみの名前は何ていうの？「……」。おれの名前はイスマエル・パソス、きみの名前は？「……」。彼女はしばらく黙っていたが、しまいにとうとう答えたよ。「わたしはオティィリア・デル・サグラリオ・アルダナ・オカンポ」と。もうひとつおまけに期待していたことまで一緒でさ。太った男の殺人事件と便所で起こった闖入事件は、程なくどこかへ追いやられた……が、それは単なる〝表向き〟。おれのなかではふたつの事件がばかげた形で結びつき、たびたび思い起こされる。まずは死が来て、お次は裸、と。

おれより十歳年下だから、うちの女房は六十だけど、年よりかなり老けて見え、歩くときには背を丸め、前よりずっと愚痴っぽくなった。公衆便所の便座に座り、灯台みたいに瞳を光らせて、ぴったり揃えた両脚の付け根に三角地帯をさらしていた――それにつけても女ってのは、何ともたまらん動物だよな？――二十歳そこそこの娘とは似ても似つかぬ存在だ。今や社会にまったく疎《うと》いお気楽ばあさんになり下がり、日々の暮らしとその問題に奔走しているありさまさ。たとえ身近で襲撃事件が起こって耳元で悲鳴が上がっても、あいつにとって重要なのは屋根の雨漏り、壁のひび。実際、自分が巻き込まれなくちゃ、誰しもそうかもしれんがな。とはいえ、あいつの喜ぶ顔がおれの一番の喜びだ。金魚や猫どもへのあの愛情をおれにも注いでくれたなら、たぶん塀越しに隣をのぞく必要など、なくなると思うがな。

たぶんね。

「わたしと出会った当初から」その晩、いざ眠ろうというとき、急にあいつが言い出した。「あんたが女をのぞき見する癖は、やんだためしがなかったわ。もしも四十年前にそれが大ごとになると踏んでいたら、とっくにあんたを捨てていた。だけど結果は見てのとおり、そういうことにはならなかった」

そこで女房は嘆息した。あいつのため息が上昇して雲となって垂れ込めて、ふたりに覆いかぶさる様子が目に浮かぶようだった。

「昔も今も、あんたは単なる無害なのぞき屋」

今度はおれが嘆息した。あきらめのため息かって？　そんなことはわからんよ。まぶたをぎゅっと閉じたが、話はちゃんと聞いていた。

「初めは理解に苦しんだわ。学校で子どもたちに教える以外に、やることといったら女の盗み見だけ。そんなの誰も知らないでしょうけど、こっちはずっと監視してきたんだから。とはいえ、さっきも言ったように、それは最初の頃だけよ。深刻な事態にはならないだろうと、そう判断したものだから。実際、あんたのやっているのは大それたことではないし、あとでふたりが悔やむことになるほど、悪いことでも罪でもない。少なくともそう信じてきたし、いまだにそう信じたい気分だわ」

ため息ばかりか沈黙までもが目に見えるようだった。黄色いもやが毛穴から滑り出し、窓に沿って立ち昇る。

「あんたの趣味にはがっかりしたけど」笑っているような口ぶりだ。「すぐに慣れてしまってね、ずっと忘れていたくらいだわ。どうして忘れていられたかって？　以前はあんたが用心していて、目撃者はわたしだけだったから。ボゴタで赤いビルに住んでいたときのこと、覚えているかしら？　向かいのビルの奥さんをのべつ幕なしのぞいて、ご主人に気づかれたことがあったでしょ？　向こうの部屋から発砲されて弾が髪をかすめたと、あんた自身の口から確かに聞いたわよ。あのとき名誉を重んじる男に殺されていたら？」

「うちの娘はこの世に存在してなかったよ」そこで話を打ち切る暴挙に出る。「さて、そろそろ寝ようかね」

「今夜は寝かせないわよ、イスマエル。何年も前からいつだって、わたしが何か話そうとするたび、眠いふりをするんだから。今日という今日は聞かないわけにはいかないわよ」

「ああ」

「やるならせめてもっと慎重にやってよ。あんたはいい年なんだから、なおさら注意せざるをえないわ。今朝のような失態は、あんたばかりかわたしの評判も落とすのよ。話は全部、聞いていたわ。こっちはあんたが思っているほど鈍感じゃないんだから」

「それなら、おまえものぞき屋じゃないか」

「そうよ。のぞき屋をのぞいているの。あんたは昔ほど巧みじゃなくなっている。この前、通りで見かけたときも、あとはよだれを垂らせば完璧って状態だったわよ、イスマエル。娘も孫も離れて暮らしていて、あんたの醜態を見なくて済むのが、せめてもの救いだわ。隣のブラジル人とその奥さんの一件など知られた日には、目も当てられないでしょうに。彼らがどんな暮らしをしようとそれは彼らの勝手だわ。欲も堕落も彼らの問題、彼ら自身の責任だもの。だけど、あんたがはしごに登って変質者みたいにのぞくのを、気づかれるのは話が別だわ。恥も恥だし、わたしにだって関わってくる。だから誓ってほしいのよ。もうはしごには登らないって」

「だったら、オレンジの収穫はどうする？　いったい誰が摘むんだよ？」

「それは悩みの種だけど、あんただけは絶対だめ」

§ 3 §

四年前から三月九日が来るごとに、おれたち夫婦はオルテンシア・ガリンドの家に行く。彼女の亭主のマルコス・サルダリアガが失踪した日で、大勢の友人が見舞いに訪れるのさ。神の栄光《グロリア》に昇天させられたのか、はたまた彼のグロリアに昇天させられたのか――なんて、最近口の悪い連中が愛人グロリア・ドラドの名をもじり、たちの悪い冗談を平気で飛ばすようになったが――消えた男の消息はいまだに不明のままなんだ。

日暮れに客は集まりはじめ、口を揃えて経過を訊くが、それに対する返事は毎年「進展なし」のひとことで。訪問客は友人、知人に見知らぬ者まで、やるせない気分でラム酒をあおる。家の外じゃ、若者たちがセメント張りの長いパティオをハンモックや揺り椅子でぎっしり埋めつくし、家主の子どもの双子も交えてここぞとばかりに騒いでいる。家んなかじゃ、おれたち年配者がオルテンシアを囲んで集って、積もりに積もった思いの丈を心ゆくまで聞いている。彼女は前のように泣いてはいないし、もうあきらめていると言えなくもないが、本当のところはわからんよ。亭主はどこかに生存していて、神のご加護で戻ってくると言い張っているから、未亡人とは思ってないだろうがね。もともと若く見えるとはいえ四十は超えているはずだけど、気の持ちようも表情もどんなに若々しいことか。豊潤って言葉がぴったりくるほど、肉がこぼれそうな肥満ぶりでさ。そんな彼女が夫の失踪日に集まった皆に、妙なしぐさで礼を言う。「神に感謝」と述べるとき、必ず震える両手を開いて——巨大なスイカが二個並んだような——自分の胸をもむんだよ。目撃したのがおれだけなのか、確かめようもないけどさ、いずれにしても毎年変わらず、彼女はそれを続けている。心のありかを示しているつもりか？　本当のところはわからんよ。それに加えて一昨年《おととし》からは、若いやつらが音楽までかけてさ。神のご機嫌などお構いなく、当事者の境遇もそっちのけ、死の可能性もまったく無視して、すっかり忘れてしまったかのように。そもそも人間ってのは、元来忘れっぽい生き物でさ。特に若い連中なんか、今日のことすら記憶にない。だからこそ、かえって幸せだといえるかもしれんがね。

それを証拠に昨年からは、ダンスまでやり出す始末でさ。

「彼らの好きにさせておいてちょうだい」明かりの漏れたパティオに出ながら、オルテンシア・ガリンドはそう言った。すでに幾人もの若者らがペアを組んで、楽しそうに踊っている。「このほうがマルコスも喜ぶでしょ。うちの人はいつでも陽気だったし、今でも陽気なはずだから。家に戻ってきた暁には、盛大なパーティーで祝うつもりよ」

それを聞いたアルボルノス神父が、頭から湯気を出して怒ってさ。

「結局、彼が生きていようといまいと、踊らぬわけにはいかないと」って、捨てぜりふを吐いたと思うと、返事も待たずに帰ったよ。神父にしてみりゃ、オルテンシア・ガリンドの言い分なんか、聞きたくもなかったかもしれんがね。

「死んでいたってそうするわ。あの人は踊っているあたしに惚れたんだから、当然よ」


昨年あんなことがあってもなお、アルボルノス神父はオルテンシア・ガリンドを訪問するだろうか。たぶんしないんじゃなかろうか。そんなことを言い合いながら、女房とふたり端から端まで村を縦断していく。うちはオルテンシアの家とはまったく逆の村はずれにあるからで、互いの腕を引き引き、励まし合いながら歩いている。いや、どっちかといえば、おれのほうが彼女に励まされているかな。何しろおれが唯一習慣にしている運動は、直立させたベッドに寝るように、塀に立てかけたはしごに登り、庭の木々の恵みのオレンジを収穫するだけだから。とはいえ、それは朝のひとときに壮大な景色を――見るべきものをすべて欠かさず――ながめつつ、慌てずゆっくり楽しみながらできる運動だ。

一方、最近とみに歩くことは、おれにとっての責め苦と化した。ちょっとばかり歩いただけで左膝が痛み、両足が腫れる。そうかといって静脈瘤を患う女房のように、人前で弱音を吐くことはないし、杖に頼ろうなんて気もさらさらありゃしない。オルドゥス先生に診てもらわないのも、杖を勧められるのがいやだから。幼児体験からどうもあの道具は、死と結びついてかなわない。子ども時分に初めて見たのが、うちのじいさんの死にざまで。自宅の庭のアボカドの木にもたれ、麦わら帽で半分覆った頭《こうべ》を垂れ、グアヤクムの枝の杖を膝のあいだに置いて、しわだらけのこわばった両手で柄をぎゅっと握りしめていた。幼いおれには寝ているだけに見えたが、まもなくうちのばあさんの嘆きが聞こえてきたんだ。〝とうとうあんたはあたしを残して、あっちへ逝っちまったんだね。これからあたしはどうすりゃいいのさ？　あとを追って死ねとでも？〟。

「なあ」とオティリアに呼びかける。「昨夜の話なんだけど。例の、他人を見ているおれの様子が恥ずかしいというやつだ。通りを歩きながらよだれがどうのってのは、具体的にはどんな感じだ？　まあいい、無理に答えるな。少しひとりで考えてみたい。チェペの店でコーヒー一杯飲んだら、おまえのあとを追うからさ」

あいつは足を止めると、啞然としながらおれを見る。

「気分でも悪いの、あんた？」

「爽快極まりないけどさ。オルテンシアの家にすぐに着きたくないんだ。先に行っててくれないか？」

「反省するのは結構だけど」と女房。「あんまり長居はしないでよ」

そんなやり取りをしながら、チェペの店先にたどり着く。午後五時では——歩道近くに並べられたテーブルには――まだ誰も座っていない。そのうちのひとつに歩み寄るおれを、女房は立ち止まったまま見つめている。道のどまんなかに、白地に赤い花柄のワンピース姿で。

「あっちであんたを待っているから、遅れないようにしてちょうだい。夫婦別々に現れるなんて、お世辞にも礼儀正しいとは言えないもの」

そう言い残して、あいつは先に歩いていった。

通路に一番近い椅子にしがみつき、崩れるように座席に腰を下ろす。左膝の内側が焼けつくように熱い。やれやれ――と思わず心のなかでつぶやく――おれがこうして生きているのも、単に死ぬ勇気がないからかもしれないな。

「いらっしゃい、先生。今日はどの曲をかけようか？」

チエペが店の奥からビールを手にやってくる。

「そいつはあんたの好みに任せるよ、チエペ。それからビールはやめておく。コーヒーのうんと濃いやつを一杯頼む」

「どうしてそんな浮かない顔を？　オルテンシアの家に行くのが気乗りしないのかい？　毎年うまい料理がたんまりふるまわれるって評判なのに」

「ちょっと疲れただけだよ、チエペ。歩いて疲れただけなんだ。十分後には追いつくって、オテイリアに約束したからな」

「了解、了解。途中で眠くならないように、とびきり濃いコーヒーを入れるから」

そう言いながらテーブルにビールを置いた。

「こいつは店のおごりだよ」

夕暮れで涼しくなっているのに、さらに痛みの加わった膝は、燃えるように熱くてさ。まるで地上のあらゆる熱が、膝の内部に逃げ込んだようだ。半分ほどビールを飲んだが、膝の炎は鎮火せず、ますます勢いよく燃え盛り、耐えがたいものになっている。カウンターからチェペが見ていないのを確かめ、ズボンの左裾を膝までまくり、ビールの残り半分をかけてはみたが、まったく効果はなく焼け石に水だった。〝オルドゥス医師に診てもらうしかないか〟とあきらめ気分で思ったよ。

次第に暗くなり出して通りの街灯が灯ったが、鈍く黄色い電球の光は周囲に大きな影を作り出すばかりで、明るくするよりかえって暗くしているだけだ。いったいいつからいたのか知らんが、中年女の二人連れが隣のテーブルを占拠して、二羽のおしゃべりな鳥みたいにかしましいったらありゃしない。よく見りゃ、どっちもおれの教え子じゃないか。どうやらおれの視線に気づいたらしく、ひとりが「先生」と声をかけてきた。おれは挨拶代わりに軽くうなずき返してやる。そうしたら相手は「先生」と繰り返してさ。見覚えのある顔に〝あの子か？〟と記憶がよみがえる。小学生だった彼女が校庭の埃《ほこり》まみれのカカオの木陰で、制服のスカートを腰までまくり、アソコの割れ目を見せている。同い年の男の子が一歩と離れぬ位置にいて、彼女以上にどきどきしながら、そいつに見入っている光景だ。ふたりは真っ赤に頬を染め、ぼおっと突っ立っていたけれど、おれは何にも言わなかった。邪魔するわけにはいかんだろう? 〝あのとき、オティリアだったらどうしたろう?〟と、今さらながら思ったよ。

年相応に老けてはいても、オティリアの域には及びはしない。〝どちらもおれの教え子だもの、当然だよな〟とひとりごつ。おれの記憶力ってのもまんざら捨てたもんじゃない。名前はロシータ・ビテルボとアナ・クエンコで、今じゃあどっちも五人以上の子持ちだ。確かロシータにスカートの中身を見せられ、感動していた男の子は、エミリオ・フォレーロじゃなかったか? ひとりぼっちでいることの多い子で、二十歳の誕生日を迎える前に、流れ弾に当たって死んだ。誰がどこからどうして撃ったか、わからずじまいだったがな。隣の席から中年女が揃っておれの機嫌を取りはじめる。「今日は格別に暑かったわね、先生」。どうやら会話に引きずり込みたいらしい。が、こっちに取り合う気などない。もうろくしたとでも思ってくれと、聞こえぬふりを決め込んだ。おれは女に目がなくて、すぐにくらくらするたちだ。美人の瞳に見つめられた日にゃ、視線は釘づけ、離れやしない。けれども、このふたりのように手もみをしながら話す中年女や、愚痴の多い壮年女、それよりさらに老いた女は、よき友、助言者、相談役にとどめておくべしと決めている。彼女たちがおれに哀れみを感じることなどないし(それはおれとて同じこと)、ましてや愛情なんて抱くわけがない(その逆もしかり)。人はより若くて未知なるものに惹かれるって、相場が決まっているんだから。

そんなことを考えていると――まるで祈りが通じたかのように――「あら、ご主人」と声がして、麝香《じゃこう》の香りをほのかに漂わせた一陣の風がおれの横をすり抜けた。息子とグラシエリータを従え、スマートなヘラルディーナのお出ましだ。教え子たちと同じテーブルに着席してバナナ・パッションフルーツ《クルバ》のジュースを全員分注文するや、挨拶がてらオルテンシアの家に行くのかと同席者たちに尋ねた。彼女の問いかけにふたりはうなずくと、アナ・クエンコが付け足した。途中でたまたま先生の立派な背中が見えたもんだから、ついついお付き合いしたくなったのだと。

「そいつは立派な背中に感謝だな」とおれは言う。「だったら、おれがぽっくり逝くときにも、お付き合いしてくれるかい？」

三人の女が一斉に上げた笑いの渦に巻き込まれる。女のものというより鳥が歌うような心地よい声が、空に向かって放たれて、夜を突き抜けていく。一瞬、おれはどこの森にいるんだ？　とそんな錯覚すら感じたよ。

「悲観的にならないで、ご主人」とヘラルディーナ。その口調はもう〝お隣さん〟と呼ぶ気はないと宣言しているようでもある。「わたしたちが先に逝く可能性だってあるのに」

「そいつはちょっと考えられんな。神さまはそんなへまはしないさ」

年増の女たちは当然といった顔で笑みを浮かべてうなずいたが、若いヘラルディーナは自分の言葉に後悔したのか、何か言いたげに口を開いた。

そこへチェペがやってきて、まずは皆にクルバのジュースを配り、次いでおれに熱々のコーヒーを置いた。ヘラルディーナは――愛の絶頂を迎えたかのように――荒々しく息をつき、チェペに灰皿を頼んでいた。彼女の出現は一種、煎じ薬のような奇跡をもたらした。嘘のようだが、さっきまでの膝の焼けつきが消え失せて、両脚の疲れすらどこかに吹き飛び、すぐにでも走れそうな気分だった。

おれは自分の席から彼女をながめたよ。椅子の背にもたれることなく、膝は合わせてふくらはぎは離し、ゆっくりとサンダルから足を抜いて埃を払っている。奇妙なほどのしなやかさでさらに上体を前に折り、穂麦のようにすらりと伸びた美しい首をさらしている。子どもたちはよっぽど喉が渇いていたのか、待ち焦がれた顔をしてね。ジュースを受け取るやコップに唇をつけて、音を立てて飲んでいる。周囲が夜の明かりに包まれていくなか、おれもコーヒーカップを手に持って、飲んでいるふりをしながらヘラルディーナを見つめている。昨日の朝は裸でいたが、今夜は服をつけている。とはいえ薄手の藤色のワンピース姿は、別の形の裸というか、ある意味、全裸よりさらに淫靡かもしれん。ただ、裸であろうとなかろうと、別の形の裸であろうと、おれにとって肝心なのは、先日垣間見たように、背中全体を躍動させて、胸に心臓を厳《おごそ》かに打ちつけて、上下する尻に魂を込めて、彼女が歩くとき、体の奥のひだが開かれ、秘部が露出するさまを拝むことだ。その可能性を除いてほかは人生に何も望まない。本人に気づかれることなく彼女をながめること、本人に気づかれつつ彼女をながめること。彼女を見つめる行為そのものが、おれの存在意義なんだ。身を起こした彼女は、今度は椅子の背にもたれて足を組み、タバコの先に火をつけている。おれが彼女を見つめているのを知っているのは彼女とおれのふたりきり。その間、教え子ふたりは休むことなく話しつづけている。彼女たちが何て言っているかって？　聞き取ることはできないよ。ジュースを飲み干した子どもらはもう一杯注文してもいいかと訊くと、仲よく手をつないで店のなかへと消えていった。彼らが戻ってきたくないことくらい、わかっているさ。もしもふたりのしたいようにさせたら、手に手を取って夜の果てまで逃げていくだろう。ヘラルディーナは組んでいた脚をはずすと、かすかにこっちに身を傾けて、ほんの短い時間だったがおれを詮索してきたよ。ほのめかすような視線で触れて、おれがまだ彼女に見入っていることをしかと確認してね。年甲斐もなく破廉恥行為に及んでいる、色ぼけじじいのこのおれに、素朴に驚いているだけかもしれんがな。だけど、どうしたらいいっていうんだよ？　彼女が全身全霊で秘めた願いを訴えているっていうのに。ほかのやつらが、おれよりずっと若い男どもが、それよりずっと青い小僧どもが、彼女を見つめ、彼女を崇めるように、このおれにも彼女を見つめ、彼女を崇めてほしいと。〝そうよ！〟と彼女の内なる声が叫び、おれはそいつを耳にする。わたしを見つめて、わたしを崇めて、わたしを追って、わたしをつかまえて、わたしを押し倒して、わたしを嚙んで、わたしを舐めて、わたしを殺して、わたしを生き返らせて、そして、また殺して、世々にわたって、死と再生を繰り返させてちょうだい、と。

再び中年女たちの声が耳に入ってきた。ヘラルディーナがあんぐり口を開けて、心から驚きの声を上げている。電球に照らされ黄色く光った両膝が一瞬、離されて、丈の短い夏用ワンピースから太ももがもろに剝き出した。おれは最後の一滴を飲み干したところで、よそおう間もなくヘラルディーナの深淵にある、小三角形の盛り上がりに見入ったよ。ところが眩惑に浸ろうとする視覚は、周囲の話を聞き取ろうとする聴覚にさえぎられてしまう。生後間もない赤ん坊の遺体が今朝がたごみ捨て場で発見された、と教え子たちは口を揃えて叫ばんばかりに訴えていた。ふたりは本当にそう言ったのか？　ああ、そのとおりだ。「生まれたばかりの女の赤ちゃんを殺して」と繰り返し、「ばらばらにして捨てるだなんて。この世には神も何もあったもんじゃない」と十字を切ってさ。ヘラルディーナも唇を嚙みしめ、「せめて殺さず教会の前に捨ててあげたらよかったのに」と嘆き、汚れを知らない美しい声で「どうして救ってくれなかったの？」と天に問いかけた。夢中になって話をしている教え子たちは、てっきりこっちのことなど頭にないと思っていたのに、どうやら一方（ロシータ・ビテルボ？）がヘラルディーナに見とれるおれに気づいた様子で（何てこった！　とおれは心のなかで叫んだ。太もものあいだの奥地をながめて苦悩する姿を他人に見られちまうなんて。相当分別がなくなっている証拠だ。女房の言い分は正しかった。まさか、よだれまで垂らしているんじゃなかろうな？）片頰を指でさすりながら、あざけるように訊いてきた。

「ところで、先生はどうお考え？」

「今に始まったことじゃないさ」とやっとこさっとこ口にした。「この村でも、国内でも」

「世界でも初めてじゃない」とロシータが切り返す。「そりゃあそうかもしれないけれど」

「生まれたばかりの子どもを母親が殺すのは、よくある話らしいからな。しかも言い訳は大抵一緒で、この世の苦しみを味わわせたくはないからだとさ」

「何てむごいことをおっしゃるの、先生。それじゃあ身も蓋もないじゃないの」とアナ・クエンコに反論される。「口答えして申し訳ないけど、そんなのまったく理由にならないし、生まれたばかりの子殺しを正当化なんかできないわ」

「正当化なんかしてないぞ」と弁解していると、ヘラルディーナの両膝が再び閉ざされた。テーブルの灰皿を無視して吸い殻を地面で踏みつぶす。今日はひとつに束ねた髪を両手の長い指でなでつけながら、会話の内容に怯えていたのか、それともうんざりしていたのか、力なくため息をついてひとこと漏らした。

「何て悲惨な世のなかなの」と。

　そこへちょうど子どもたちが、彼女の子どもたちが戻ってきてさ。まるで何かから守るように彼女の両脇に寄り添った。お代をチェペに払ったヘラルディーナは悲嘆に暮れた顔をしてさ。まるで巨大な重荷を背負ったように、ゆっくり席から立ちあがった——不可解な国の抱える不可解な心の負担が彼女にのしかかったんだろうと、おれは内心つぶやいた。とはいえ、二百年弱の歴史の重圧をもってしても、彼女が背筋をぴんと伸ばして、着衣の下で胸を張り、両唇を舐めるようにして複雑な微笑を浮かべるのを、妨げることなどできやしない。

「オルテンシアの家に行かなくては」とヘラルディーナが嘆くように呼びかけた。「こんなに暗くなってしまったわ」

するとロシータ・ビテルボがからかうような目でおれに問いかけた。

「いらっしゃらないの、先生?」

「もうちょっとここでつぶしてからな」

§4§

今年おれは結局、オルテンシア・ガリンドの家には行かなかった。

チェペの店をあとにしてマウリシオ・レイの家に向かおうと、別の角で曲がったら通りを間違えたらしくてさ。村のはずれに出ちまって、どんどん暗くなってくるし、ごみやがらくたが――新旧入り乱れて――うずたかく積まれて、心細いったらありゃしなかった。ここに来るのは三十年ぶりぐらいじゃないだろうか。崖っぷちから下をのぞいたら、おや、あれは？　谷底のほうで銀の帯みたいに、きらきら光っているのは何だ？　ああ、川か。山々に囲まれた土地柄ゆえに、この村には当然海などないけど、それでも川はあったんだ。昔は真夏になると決まって激流と化していたもんだが、今やすっかり干上がって申し訳程度の水がちょろちょろ蛇行しているだけだ。かつては夏の盛りともなれば水量がさらに増して幅がぐんと広がってさ、川の湾曲部に仲間とつるんでよく釣りに来たもんだが、目当ては魚だけじゃなく裸で水浴びをする娘たちもだ。首まで浸かって笑いながら内緒話をし、澄んだ流れに身を浮かせるが、所詮は水のなか、はっきり見えやしない。だけどその後、きょろきょろ周囲を見まわし、あられもない姿で川から飛び出して。変わった鳥の足取りみたいにひょいひょい大股で川原を駆けあがり、木々の向こうをちらちら気にしながら、慌てて着替えを済ますんだ。ミミズクの鳴き声を耳にして周囲の世界が寝静まったものとほっとした顔をしていたが、そこにオレンジの木のてっぺんから彼女たちをながめているおれの胸の高鳴りや、村じゅうの若者たちの心臓の鼓動が混じっていようとは、夢にも思わなかっただろう。何しろ当時ここら辺には、もれなく全員登れる本数の木が生えていたからね。

どこにも月は出ていないし、ときどき電灯があるだけで、通りには人っ子ひとり、生き物一匹いやしない。皆こぞってオルテンシア・ガリンドの家に出かけちまったんだろう。あれは毎年恒例の行事と化しているからな。もしも広場や学校、教会、誰かの家の玄関先で戦闘が起こったら、きっとこうやって村じゅうこぞってどこかに隠れてしまうにちがいない。

レイの家にたどり着くため、チェペの店まで戻ってさ。そこから――過去をやり直すみたいに――もう一度仕切り直したよ。今度こそちゃんと思い出さねば。あいつの家は舗装してない通りのはずれで、近くに廃屋と化したギター工房があって。その先に例の崖が続いているところだ。とうとう家にたどり着いたら、眠たそうな顔をした少女がドアを開け、マウリシオは病気で寝ていて誰にも会えないと言ってきた。

「誰だ?」と奥からマウリシオ・レイの声が聞こえる。

「おれさ」

「先生だって？　こりゃたまげたな。あんたが道順を覚えてたなんて。さしずめ空に線でも引いてあったんだろ」

ところで、この娘は誰の子だ？　どこかで見たような、見てないような。

「あんたは誰の娘かね？」

「スルタナの」

「ああ、スルタナか。いたずら好きだが、がんばり屋の子だったよ。で、あんたはおれを知っているかい？」

「学校の先生でしょ」

「〝パソス先生〟だよ」寝室からレイが大声を張りあげる。「おれたちゃよくこう言ったもんさ。〝及第《パソス》先生、自分を落第させたらどう？〟ってな」

マウリシオはおれの教え子のなかでも筆頭の古顔で、今ではごく少ない友人のひとりでもある。ベッドに横たわったひげ面の六十男は、黄色い電球の光の下で、おれ以上に歯のない口で笑っているが、差し歯も入れないみじめな姿をこの娘にさらして恥ずかしくないのか？　そういえば、前に本人の口から一度聞いた気がするぞ。四年前にサルダリアガ家の集いが始まって以来、女房――といっても、前妻に先立たれた彼のふたりめのかみさん――だけを出席させて、自分は病気と称して居残り、運よく出会った若い女子《おなご》と一年越しの逢瀬を楽しむと。

「で、何かニュースでもあるのかい?」と彼は訊く。「先生はてっきりパーティーに行ったとばかり思ってたけどな」

「いったい何のパーティーだよ?」

「サルダリアガのお祝いさ」

「お祝いだと?」

「そうさ、先生、お祝いよ。こう言っちゃ悪いが、あのサルダリアガのやつは、昔も今も、まあ、まだ生きているとすればだが、人一倍どころか三倍は最低の野郎だ」

「そんな話をしにここへ来たわけじゃない」

「じゃあ、何をしに? おれが取り込み中なのがわからないか?」

実際、このおれ自身もなぜ来たのかわからない。何か理由を考えるとするか? たとえばこの娘とか? 髪をほどいたばかりのこの娘に会いに、ここまでやってきたんだと?

「実は膝が痛んでな」と思いつくままレイに言う。

「年のせいだよ、先生」と声を荒げる。「まさか自分が不死身だなんて思ってたわけじゃないだろう?」

ベッドの足元に焼酎の空瓶が二、三本転がっていてさ。どうやらこいつは酔っているらしいと、そこでおれは気がついた。

「おまえはてっきり病人らしくふるまっているとばかり思っていたが」と空瓶を示して言い返す。

そしたら彼は笑ってグラスを差し出し、おれはそいつを拒んだよ。

「先生、さっさと行きなよ」

「おれを追い出すつもりかい？」

「クラウディノ先生のところへさ。腕はおれが保証するから。きっと膝を治してくれるよ」

「あの人はまだ生きているのか!?」

「くれぐれもよろしく伝えてくれ、先生」

例の娘が帰り際、ドアまで付き添ってきたが、色気づきはじめた大人の女の落ち着きと、無邪気な幼稚さが混在している様子でさ。おれを見送る時間すら惜しいとばかりに、ブラウスのボタンをはずしていたよ。


クラウディノ・アルファロと初めて会ったのは、おれがまだほんの子どもだった頃だ。いまだに生きていたとは驚きだ。おれが七十ってことは百歳近いか、それ以上かもしれん。どうしておれは彼のことを忘れていたのか？　どうして彼はおれのことを忘れていたのか？　マウリシオ・レイはオルドゥス医師を勧めず、アルファロ先生の存在を思い出させてくれた。おれは彼が死んだと思っていたどころか、まったく覚えてすらいなかった。おれは何年間もどこで何をしていたんだよ？　と自問して、塀の上でのぞきだろ！　と自答する。

それからおれは村をあとにし、夜だというのに軽率にも、民間療法師アルファロ先生の山小屋目指して歩いたんだ。

街道を村から遠ざかりながらおれは内心つぶやいた。〝とにかくおれと同様、あの人もまだ生きているんだ〟と。最初のカーブを曲がって村の明かりが見えなくなると、星が出てない闇夜のせいで夜空がさらに広がった。今でもきっと昔ながらの治療をしているにちがいない。患者の小便を瓶に採って、明かりに透かして病気を読み、肉離れをくっつけ、骨接ぎをしてさ。〝あの人もとりあえず生きているんだ。おれがかろうじて生きているように〟と心のなかでつぶやきながら、チュソの山へと登っていった。次第に険しくなる山道に何度も休息するしかなくて。最後に止まったときには、くじけて引き返すしかないと思ったよ。そのうち片脚を引きずらなくちゃ歩けなくなってしまってね。そもそもここまで来たこと自体、間違いだったと悟ったものの、結局、石のごろごろしている道を先へ先へと進んでいった。ある地点でカーブを曲がったら、見通しのきかない山林にはまってさ。とうとう精も根も尽き果て、座れる場所を探したよ。目的地の途中にいることだけは自分でもわかっていたけれど、月も出てない真っ暗闇で一メートル先すら見えなかった。先生の山小屋は頂上じゃなく、山の裏手に位置している。こんな状態じゃあ今日じゅうに頂上どころか、半分まで登れるかどうかも怪しいぞ。そんなことを考えていたら地面の盛りあがったところが見つかって。何はともあれ腰を下ろすと痛んだ脚を見てみたよ。いつしか左膝の腫れたところがオレンジ大になっていて。雨に当たったかのように全身ずぶ濡れになっていた。

風もないのに枝葉が鳴って、何かか誰かかの気配がして。おれは体を硬直させて、黒い染みのような灌木のあいだに目を凝らした。どんどん近づいてくるこの足音は、もしや襲撃？　それは十分ありうることだ。ゲリラかパラミリタ一レスが今夜村を占拠するつもりになっても、けっして不思議な話じゃない。ベリオ大尉からして不在なんだから。オルテンシアの家に主賓で招かれて。そこで一旦、足音が止まった。今後のなりゆきを想像したら、膝の痛みも吹っ飛んだ。村から相当離れているから、叫んだところで届くまい。最も可能性の高いシナリオは、まずは発砲して瀕死の状態にし、それから近くに寄ってきて――まだ息があれば――おまえは誰だと質《ただ》すもの。〝けど、ゲリラやパラミリではなく、政府軍の夜間演習だってことも考えられるじゃないか〟と沸き立つ不安をぬぐい去ろうと心のなかで思ったが、即座に前言を撤回したよ。〝同じだ。どっちにしろ、発砲してくることに変わりはない〟と。ちょうどそのとき、枯れ葉を踏みつける乾いた音がしたかと思うと、何かか誰かが突然おれに飛びかかってきてね。咄嗟《とっさ》に叫んで、両手を開いて腕を突き出し、攻撃からわが身を守ろうとしたんだ。それが殴打か、弾丸か、亡霊なのかもわからぬままに。降参したってどうにもならないことは百も承知だったから。ふとオティリアを思ったよ。〝今夜、あいつと同じベッドでおれが眠ることはないだろう〟と。いったいいつから目を閉じていたのか自分でも記憶にないんだが、何かが靴の辺りを嗅ぎまわって触れてくるのを感じてね。大きな犬が後ろ脚立ちになって、おれの腰に前足を置いて。挨拶をするようにおれの顔をペロペロ舐めてきたんだ。心底ほっとして大声でひとりごちた。〝犬か、ああ、よかった。

ただの犬で〟と。自分が笑いたい心境なのか、泣きたい心境なのかわからなかったが、まだ命が惜しいってことは確実にわかったよ。

「誰じゃ？　そこにいるのは誰じゃ？」

昔とまったく変わってない、のんびりとした木枯らしのようなしわがれ声だ。

「誰じゃ？」

「おれだよ。イスマエルだよ」

「イスマエル・パソスか。まだ死んでおらんかったということか」

「残念ながらまだだよ」

要するに、おれたちはどっちも同じことを考えていたわけさ。相手がとっくに死んでしまったはずだろうと。

あと一歩というところまで来て、やっと姿がはっきり見えた。シーツみたいな腰巻姿に、綿くずみたいな頭の毛、夜の闇に浮かんで輝く瞳が確認できた。彼にもおれの目が光って見えるのか、それとも暗がりで光るのは彼の目だけなのか。子どもの頃に覚えた不可解な恐怖心がよみがえる。ほんの一瞬だったとはいえ、恐怖心には変わりなかったよ。やっとの思いで身を起こしたら、針金のように細く硬い指がおれの腕をつかんで支えてくれた。

「どうした？」と、さすが先生は即座に異変を察知した。「脚が痛むらしいな」

「膝がちょっと」

「どれどれ」

今度は針金のごとき指がおれの膝に触れてくる。

「おまえがわしに会いに来るとは、よほどのことと察しはついたが、このまま明日まで放っておいたら一生歩けなくなっていたぞ、イスマエル。まずは膝の腫れを鎮めねばならん。さてさて、上に登るとしよう」

先生に手を貸してもらうなんて赤っ恥もいいところだ。何しろ相手は百歳前後の老人なんだぞ。

「どうにか、ひとりで歩けそうだ」

「どうだか、とにかく登るんじゃ」

さっきの犬がおれたちの前を先導して進んでいく。重く片脚を引きずって登るおれの耳に、軽快に坂を駆けあがる音が届いてくる。

「正直殺されると思った」と打ち明けた。「ついに戦闘におれも巻き込まれたかとね」


「いよいよ最期と考えたわけか」

「まったく生きた心地がしなかった」

「わしも四年前に同じ経験をしたもんじゃ」

遠い記憶をたぐるように、先生の声も遠くなる。

「アルパルガータ〔訳註：麻製の履き物〕を脱いでハンモックで寝ていたら、夜更けにやつらが現れおって『一緒に来い』と命じられてな。『そりゃあ、いつでも行ってはやるが、まずは朝食代わりのアグア・デ・パネラ〔訳註：精製前の砂糖を湯に溶かした飲み物〕を一杯飲んでからじゃ』と答えたら、『やるもやらぬも決めるのはおれたちだ。つべこべ言わずについてこい』と言われてな。迫りくる政府軍から逃げるように、ほとんど駆け足で無理やり歩かされたんじゃ。『いったいこいつはだれなんだよ。どうして連れてかなきゃならないんだ』と一味のひとりがこぼし、〝どうやらわしのことは知らんらしい〟と思ったが、そういうこちらもやつらのことは知らなかった。どれもこれも見たことのない顔ばかりで、言葉にアンティオキア訛《なま》りがあって。どいつもこいつも少年ばかりで、あとを追うのもひと苦労じゃった。まとわりついてくるわしの犬が、うるさくてしようがないらしくてな。『言うことを聞く犬だから撃たないでくれ』と頼んで『トニー、戻るんだ』と声をかけたんじゃ。命じるというより祈る思いで、山小屋への道を指差してな。幸い、トニーは言うとおりにし、命拾いをしたわけじゃ」

「それがそいつか？」

「ああ、こいつじゃ」

「聞き分けがいい犬だな」

「それは四年前に起こったことじゃ。マルコス・サルダリアガがいなくなった同じ日に」

「同じ日だって？　そんなことが起こっていたなんて。誰からも聞いた覚えはないぞ」

「誰にも話してこなかったからじゃ。厄介なことにならんようにな」

「道理でね」

「丸々ひと晩歩きとおした挙げ句に、夜明けにラス・トレス・クルセスってところで、ようやく止まってな」

「あんな遠くまで連れていかれたのか!?」

「そこで地べたに座らされたマルコス・サルダリアガを見たんじゃよ。彼はさらに先まで連れていかれ、わしはそこ止まりじゃったがな」

「で、彼はどんな様子だった？　先生に何か言ってきたのか？」

「わしがいることすら気づかなかったよ」

　アルファロ先生の声が妙に沈んだ。

「あんまり泣いていたんでな。あの男のひどい太りようは、おまえも覚えているじゃろう。今では見る影もないにちがいないが、当時はかみさんの二倍はあった。あいつをさらった者どもも、彼を運ぶためのラバを探しまわっていたよ。ほかに女の捕虜がひとりいてな。パン屋のカルミナ・ルセーロ。覚えているか？　オティリアと同じサン・ビセンテの出身の女じゃ。オティリアなら知っているにちがいない。ところで、オティリアは達者かね？」

「相変わらずだ」

「つまり元気でいるということじゃな。最後に見かけたのは市場でじゃった。あのとき彼女はポロネギを買っていたが、あれはどうやって調理するんじゃや？」

「おれにはとんとわからんよ」

「かわいそうに、パン屋の女も先まで連れていかれたよ」

「カルミナって言ったか？」

「カルミナ・ルセーロ。捕虜になって二年後に死んだと、のちに誰かが話していたがな。あれはゲリラかパラミリか、いまだにわしにはわからんし、あの場で尋ねもしなかった。そこで待っていた親分らしき男が、わしを引っ張ってきた少年どもを罵《ののし》ってな。『ばか野郎、何でこんなじいを連れてきやがった！　いったいこいつは何者なんだ？』と質したら、子分のひとりが『もぐりの医者だと聞いたもので』と答えてな。〝何じゃや、わしを知っていたのか〟と思った。すると親分は『もぐりの医者だと？』と叫んで、『彼が必要としているのは本物の医者だ』と叱りつけてな。そこで〝彼とは誰じゃや？〟と考えた。〝いったい彼とは何者じゃや？〟と。偉そうにしているこやつの上に、さらにボスがいるってことか。そんなことを思っておったら、『この老いぼれを追い払え』と親分が命じてな。それを聞くなり、ひとりの少年がわしの首に小銃を突きつけてきた。そのときじゃよ、イスマエル。さっきのおまえとまったく同じ思いをしたのは」

「生きた心地がしなかったと」

「そんな状況でもかろうじて、突きつけられたのが山刀《マチエテ》ではなく、小銃だったのがせめてもの救いと、神に感謝する余裕が残っていたがな。情けの一発を受けることなく、肉の切り身にされる者がどれほどいるか」

「ほぼ全員じゃないか」

「全員じゃよ、イスマエル」

「マチェテで切り刻まれるよりも一発食らうほうがましにはちがいないが、先生が殺されずに済んだのは、どういったいきさつで？」

「幸い親分が『殺せなんて言ってないだろう、このドあほ』と止めると『こんな老いぼれに弾丸も労力も費やすな』と怒鳴りつけてな。わしに向かって『とっとと出ていけ』と命じたんじゃよ。そう言われた瞬間、どうしてなのか自分でもわからんが、咄嗟にわしは問うていた。『何か力になれることがあれば、無駄骨にならんで済むというもの。治療してほしいのはどこのどいつじゃ？』と。『誰もいねえよ、早く失せろ、じじい』。結局、そこから追い出されたんじゃ。そこで家に戻ろうと帰り道を歩き出したら、またもや戻れと命じられてな。少年たちに今度は本当のボスのもとまで連れていかれたんじゃ。病気のボスは一段と離れた場所のテントに横たわっていてな。ひざまずいた軍服姿の少女に足の爪を切ってもらっていた。『ということは』と、わしがテントに入るなりボスが話しかけてきた。『あんたはもぐりの医者だというのか？』。『そういうことじゃ』。『で、どうやって治すつもりだ？』。『空き瓶を用意して、そこへ小水を入れなされ。治療はそれを見てからじゃ』。そこでボスは大笑いしたが、はたと真顔になって怒鳴ったんじゃ。『このがりがりじじいを早くここから追い払え。おれができずに困っているのは、まさに小便が出ないことだ、畜生』と。それで症状がわかったから、別の方法を申し出ようとしたが、ボスが手で合図をするや、爪を切っていた少女に銃床で表へ叩き出されたんじゃ」

「そこで、また銃口を向けられたのか？」

「いいや、それはなかったが」先生の声が苦々しい色に変わる。「あのボスは、わしに命を救われる機会を失ってしまったんじゃよ」

「それで、マルコス・サルダリアガはどうなったんだ？」

「そのままそこに居残りじゃ。あれほど高慢だった男がずっとめそめそしていてな。見るに耐えない姿じゃったよ。パン屋の女すら泣いてなかったのに」

さすがに歩き疲れたおれは、そこで立ち止まってしまってさ。できることなら片脚をはずし、痛みから解放されたかったよ。

「ほれほれ、登れ、イスマエル」笑いながら先生が言う。「さあさあ、まもなく到着じゃ」

道を曲がるとやっとのことで山小屋が見えてきた。ひとつきりしかない小屋の窓にろうそくの明かりが揺れている。そのときこっちは地面に崩れ落ちる寸前でさ。眠っても死んでも忘れても何でもいいから、とにかくもうこれ以上膝の痛みを感じたくはなかったよ。先生はまずおれをハンモックに寝かせ、台所へと入っていった。おれのところからは見えなかったけど、薪ストーブで何かの根っこを煮出しているらしかった。ふと自分の顔を手で触れてみると、暑くて汗をいっぱいかいていた。とはいえ、だいたいこんな真夜中の山んなか――しかも山岳地帯の高い山の上――じゃ、気温はかなり下がっているはずだ。原因は暑さのためではなく、熱が上がったせいだった。犬がたえず動きまわって、おれの汗ばんだ手を舐めたり前脚を胸に置いたり、なかなか寝かしてくれなくて。ふたつの目にろうそくの炎が反射して火の粉を飛ばしているようだった。クラウディノ先生が膏薬を膝に貼って、そいつをぼろ布で巻いて留めて、おれにこう言ってきた。

「今からしばらく待たねばならん。少なくとも一時間はじっとしていろ。おまえがここに来ていることを、オティリアは知っているのか？」

「いや」

「何てこった。叱られちまうぞ、イスマエル」

次いでヒョウタンの容器一杯のサトウキビ酒《グアラポ》を飲むよう言われた。

「えらくきつそうな酒だな。コーヒーにしてくれないか」

「とんでもない。無理にでも飲んでもらうぞ。心を落ち着け、感覚を麻痺させるために」

「酔っぱらってしまうんじゃないか」

「それはない。頭は覚めたまま体に眠ってもらうだけじゃよ。ただし、一気に飲まねばならん。

ちびちび飲んではだめじゃからな」

祈るような気持ちで杯を一気に飲み干してさ。その後、どのぐらい時間が経ったのかも、いつのまに腫れも痛みも消えてしまったのかも、まったく覚えていないんだ。気づいたときには、しゃがんで暗闇を見つめるクラウディノ先生と、壁にかかった先生の古いティプレ〔訳註：コロンビアの小ぶりの複弦ギター〕、先生の足元で丸くなって眠る犬の姿が目に入ってきてね。

「どうやら痛みが引いたらしい。これなら何とか帰れそうだ」

「いや、まだじゃよ、イスマエル。最後の仕上げが残っておる」

そう言うなり、ハンモックのそばに椅子を置いて、そこに痛んだほうの片脚を伸ばして据えて。その上に先生はまたがったが、体重を載せずに、患部を自分の両膝で固定した。

「叫び声を上げたくなかったら、シャツの端でも噛んでいな」と言われてさ。先生の荒療治を思い起こして背筋がぞっとしたよ。他人が治療してもらっている場面には何度か居合わせたことはあったけど、自分がやってもらったことはこれまで一度たりともない。首や足首、指や肘の脱臼、背骨のゆがみ、脚の骨折。いずれの場合も、患者の絶叫が四方の壁を揺るがすほどだった。こちらがシャツの袖を噛む間もなく、針金のような指がおれの膝をつかんでさ。鳥のくちばしみたいにとんとん叩き、手で触って、探っている。一瞬動きを止めたと思ったら、骨か関節かは不明だが、そいつを突然ぐいっとつかんで奇妙なひねりをくわえてね。いったいどこをどうやったのか、目にも留まらぬ早業《はやわざ》でジグソーパズルのピースと化した膝の骨と軟骨がはめ直されて。それでも歯の治療なんかとは比較にならない激痛に、シャツを噛みしめた口からついつい叫び声を漏らしたよ。

「これでよし」と先生がひとこと。

　おれは悪寒に震えながら、呆然と彼の顔を見つめていた。

「さっきの酒をもう一杯くれないか」

「いや、だめじゃ」

　嘘のように痛みは失せて跡形もなく消えていた。そろそろとハンモックから起きあがり、半信半疑で足を地につけ、おっかなびっくり立ってみたが、何にも、どこにも痛みはない。あっちへ行ったりこっちへ来たり、その場をうろうろ歩いてみる。

「奇跡だな」とおれがひとこと。

「いや、やったのはこのわしじゃ」

　生まれてまもなく立ちあがった子馬みたいに、その辺を駆けまわりたい気分だったよ。

「油断はするな、イスマエル。三日は安静にせねばならん。そうすりゃ骨が落ち着くから。だから山を下る際にも、調子に乗らずゆっくり歩け」

「治療代はおいくらで？　先生」またもや自分が笑いたい心境なのか、泣きたい心境なのかわからなくなった。

「完治してから雌鶏を一羽持って、わしを訪ねてきておくれ。長らくサンコーチョ〔訳註・肉・キャッサバ・バナナ・野菜で作る煮込み料理」を食べてはおらんし、久しく友と語らうこともなかったからのお」

細く険しい道を休み休み下りたが、痛みはまったく感じない。何気なく後ろを振り返ってみたら、クラウディノ先生と先生の犬が、黙っておれのことを見送りつづけていたよ。さよなら代わりに片手を上げて、おれは帰宅の途についた。

§5§

　玄関先ではうちの女房が椅子に座って待っていた。すでに夜半過ぎだっていうのに、明かりもつけずに真っ暗ななかで。

「そのうち戻ってくるとは思っていたけど」と挨拶代わりに言われてさ。

「集まりはどうだった、オティリア？　おれが行かずに損したことはあるか？」

「大ありもいいとこよ」

　おれがどこにいたかなんて、まったく尋ねもしなくてね。もっとも、こっちも先生と膝の話なんか、したくもないからいいけどさ。それから部屋の明かりをつけて、ベッドに広げた毛布の上で一緒にくつろいだけど、あいつは料理の皿とコーヒーカップをおれに差し出し、文句をひとくさり言ってきた。

「コーヒーはあんたが眠らないように。子豚の料理はオルテンシア・ガリンドがお大事にって。

仕方なく言い訳しておいたのよ、あんたは両脚を病んで来られなかったって」

「正しくは左の膝だ」と言い返すや、おれは料理を食べはじめたよ。あんまり腹が減っていたもんでね。

「アルボルノス神父はいなかったわ」と女房が言った。「オルテンシアの家に来なかったのよ。誰も何とも思ってなかったみたいだけど。村長さんは奥さんも子どもも連れずにひとりでやってきて。それからオルドゥス医師にベリオ大尉、あとから遅れてマウリシオ・レイ。酔っぱらっていたけど、おとなしくしていたわ」

「で、若者たちはどうした？　今年もパーティーをやったんだろう？」

「そんなものはなかったわよ」

「本当か？　娘たちはパティオで踊らなかったのか？」

「ひとりも娘なんかいなかったわよ。この一年で皆、村を出ていってしまったの」

「娘たちが、揃いも揃って？」

「女も男もよ、イスマエル」女房は棘《とげ》のある目でおれを見た。「彼らにとっては可能な限り、一番賢明な選択だわ」

「どこへ行っても、状況なんぞ大してよくなりゃしないのに」

「そうは言っても、自分の目で確かめてみなけりゃわからないでしょう」

台所に行ったオティリアが、お代わりのコーヒーを手に戻ってきた。おれの隣には横たわらず、カップを片手に窓辺に立って、見るとはなしに外を見ている。こんな夜中に何が見えるっていうんだよ？　セミの鳴き声しかしてないのに。

「ところが、そこに現れたの」女房が唐突に言い出した。

「誰がさ？」

「グロリア・ドラドがよ」

次の言葉をおれが待ち受けていると、少し間をおき、ようやくあいつは話し出したよ。

「それも二年前に受け取ったマルコス・サルダリアガの手紙を持ってね。彼の解放に役立つかもしれないと言って、手紙をテーブルに置いたのよ」

「テーブルに？」

「オルテンシア・ガリンドの目の前に。手紙を手に取ったオルテンシアは『とてもじゃないけど読むことなんかできない』って一旦は断わったけど、すぐに気を取り直して大声で読みあげたの。〈おれはマルコス・サルダリアガ。これはおれの書いた字だ〉」

「そんなこと、手紙に書くもんかね？」

「『うちの人の字だ』ってオルテンシアが言ったもの」

「それで？　誰も何も言わなかったのか？」

「誰も。彼女が淡々と読みつづけただけよ。自分の声に酔いしれるようにね。とても信じられないって顔をしていたけど、無理に信じようと努力していたみたいだった。何しろ文中で彼女のご主人は、よりにもよって愛人のグロリア・ドラドに、解放交渉を妻のオルテンシアには絶対任せちゃだめだって、主張していたんだから。〈オルテンシアはおれが死ぬのを願っている〉って、オルテンシア自身が読みあげたのよ。声を詰まらせることもなくね。本当に彼女は強い女性だわ」

「何ってこった」

「狂った男のたわごとだってわたしは最初思ったけど、いくらなんでも狂人だって、皆を敵に回そうなんて考えっこない。だけどマルコスは手紙のなかで、奥さんばかりか、アルボルノス神父まで偽善者呼ばわりし、マウリシオ・レイは猫かぶり、村長は村の裏切り者、パラシオス将軍は動物王国の君主、オルドゥス医師は頭でっかちのやぶ医者で、どいつもこいつも自分の死を望んでいるって、こき下ろしていたんだから。それで〈村のやつらにおれの解放交渉を頼むな〉って、グロリア・ドラドに懇願したのよ。そんなことをしたらかえって逆効果で、遅かれ早かれ自分の死体がそこいらの道端で発見されるだけだと」

「だけどいまだに発見されてないじゃないか。生きたままでも死んだ状態でもさ」

「その先も途切れることなくオルテンシアは読みつづけたわ。〈どうかこの手紙を公の場で読んでくれ。おれを捕虜としている連中だけでなく、おれの解放を叫んでいる者たちも、結局はおれを殺したがっているという事実を世間に知らせるためにも〉と。その最後の一節は頭にしっかり刻み込まれたわ。だってそれを聞いた瞬間、はっと気がついたんだもの。マルコスは別に狂ってなんかいない。自分の死を予期して本当のことを語っているのよ。絶望しきった者だけが口にできる真実を。だって死を目前にした者が何のために嘘をつくの？　死ぬ間際まで嘘をつこうとするなんて、そんなの人間とは言えないわ」

「なのに誰も何も言わなかったのか。それも奇妙な話だな」

「皆さらにひどい話が出るのを待ち構えていたってことでしょう」

虫が一匹、羽音を鳴らして部屋のなかを飛びまわってさ。電球のまわりを旋回すると、おれらの鼻先を突っ切って、ベッドの上のキリスト磔刑像、部屋の角の祭壇みたいな場所、そこに置かれた古い木彫りの聖アントニウス像の頭に止まって、ついにはどこかへいなくなった。

「おれのほうでも、ほぼ確信していることがあってさ。ここだけの話だけど、マルコス・サルダリアガはこの世にもういないんじゃないか」とあえてオティリアに言ってみた。

「たとえ内輪の話でも、大っぴらに言っていいことと悪いことがあるわ。壁に耳ありって言うでしょう、わかっているの？　イスマエル」

おれは思わず笑ってしまう。

「その手の話は大抵、壁よりはるか昔に世間が知っていることだろう」

「それでも口にしちゃいけないことなの。ひとりの人間の命に関わることなんだから」

「自分の考えを打ち明けただけさ。ここの皆が考えていることを。そりゃあ思いやりのない考えだとは思うし、この世で誰もそんな運命にさらされていいってわけじゃないけども」

めていた。

「そんな考え、ひど過ぎるわよ」

そこでおれは服を脱ぎ、パンツ一丁になったけど、その間、あいつはおれを黙ってじっと見つめていた。

「何だってんだよ？　老いた体がお好みか？」

それからおれは毛布のなかに入り、眠くなったとあいつに言った。

「いつもあんたは、寝る、のぞく、寝る、の繰り返し」不満げに訴えた女房は、次いでこう付け足した。「お気に入りの隣人、ヘラルディーナが何したかは聞きたくないの？」

関心のなさをよそおっていたおれだが、その言葉についつい反応してしまう。

「彼女が何をしたって？」

「子どもたちを連れていったわ。途中で帰っていったのよ」

いつになく注意深い目でオティリアはおれを観察している。

「当然、立ち去る前に、もの申す時間はあったけどね」

「彼女が何を言ったんだ？」

「受け取った手紙を二年もほったらかして、何も打つ手のなくなった今頃、それを渡しに来るなんて、恥知らずもはなはだしいって、グロリア・ドラドに言ったのよ。『一夜にして捕虜となり、誰に誘拐されたのかも、どれだけそれが続くのかも、いつ死ぬかもはっきりしない厳しい状況下で、マルコス・サルダリアガが正気でなくなっているのが、あなたにはわからないの？　それにマルコスが語っているのはプライベートな事情や誤解、夫婦間の不和や絶望ばかりなのに、深い悲しみに陥っているオルテンシアに渡して公の場で読ませるなんて、非常識極まりないわ』と。そこで『わたしは彼が公表してくれっていうから、それを果たしたまでじゃない』って、グロリア・ドラドが反論してね。『二年間、そのままにしておいたのは、辛辣過ぎて不当な内容だと自分でも思ったからよ。だけど今では後悔してるわ。もっと前にすべきだったとね。彼の主張はどうやら正しいらしいって、わたしにもよおくわかったから。この村の誰ひとりとして、アルボルノス神父でさえも、彼の解放を望んでる人なんかいないのよ』。すると突然オルテンシア・ガリンドが『この性悪女！』って叫んでね。止める間もなくグロリアに飛びかかって、両手で髪を引っ張ろうとしたの。だけど何しろあの体格だから勢い余ってつまずいて、丸い体も災いしてドラドの足元に転がって。そしたらドラドは勝ち誇ったように『誰も彼もろくでなしばかりね。村で唯一マルコス・サルダリアガの解放を願っているのは、このわたしだけだって自信を持って言えるわ』と言い出す始末。オルテンシアを助け起こしたのは、アナ・クエンコとロシータ・ビテルボで、その場に居合わせた男たちは誰ひとり動こうともしなかったわ。わたしたち女以上に驚いていたのか、女同士の問題だって見なしていたのか定かでないけど。『あたしの家から出ていって！』ってオルテンシアが叫んだけど、グロリア・ドラドは聞かなくて。『聞こえなかった？出ていきなさいよ』とロシータ・ビテルボが叫んでも、ドラドは一歩も動かなかった。そこでアナとロシータが彼女に飛びかかって、両側から腕を引っ張って、パティオに通じる出口まで引きずると、外に追い出し、戸を閉めたのよ」

「あのふたりがやったのか？」

「ふたりだけでね」オティリアはため息をつき「幸いだったのは」と続けたよ。「グロリアが兄弟と一緒でなかったことよ。もっとも、仮に連れてきたとしても、なかには入れてもらえなかったでしょうけど。ああいう場面で男がひとりでも、もめごとに首を突っ込んでいたら、ほかの男たちも黙っていないで、事態は紛糾したにちがいないもの」

「ドンパチやらかしてな」

「本当に男ってばかなんだから」おれを見据えたあいつは一瞬、顔をほころばせかけたけど、すぐに険しい表情に戻して「それにしてもひどい話よ」と続けたよ。「その後、オルテンシア・ガリンドを椅子に座らせて、代わりにアナとロシータが子豚の料理を配ったけど、彼女は一切食事に手をつけなかった。膝に置いた皿に涙をぽろぽろ落として、痛々しくて見ていられなかったわ。その隣では双子の子どもたちが、母親のことなんかそっちのけで料理をばくばく食べていてね。彼女をなぐさめてあげられる人は誰もいなくて、そのうち皆、声をかけることさえ忘れてしまっていたわ」

「そりゃあ子豚のせいだろう」とおれ。「あんまり味がうま過ぎたから」

「よくそんなことが言えるわね。ときどきわたし、わからなくなるのよ。一緒に暮らしているのが本物のイスマエル・パソスなのか、それとも見知らぬ冷酷非道な男なのかって。あの場に居合わせた人たちが皆、わたしと同様苦しみ悲しんだと考えるのが、常識的だと思わない、イスマエル？　誰もお酒のお代わりをせず、アルボルノス神父のお望みどおり音楽もかけていなかった。ただ集まって料理を食べて、帰っていったわけだから」

「おれは冷酷なんかじゃないさ。もう一度言うが、おれだって胸を痛めているよ。覚悟があろうとなかろうと誰もが意に反して捕虜になるかもしれないことに。だって、覚悟してない者だってお構いなしに連れ去られているんだから。誰かが最初に犠牲者になったことで、自分たちは誘拐されずに済んだとほっとする、そんな考えのほうが、ずっと冷酷だと思うがな。おれは年でもう片足を墓に突っ込んだ状態だからまだいいが、これから先の人生が長い子どもたちは気の毒でならないよ。彼らにはまったく罪もないのに、数々の死に直面して、それらを全部背負ったまま、きつい坂道を登っていかねばならないんだから。だけどおれはマルコス・サルダリアガ以上に、パン屋のカルミナ・ルセーロに同情するよ。彼女も連れていかれたらしいんだ、彼とまったく同じ日に」

「カルミナが!?」と女房は声を上げた。

「おれも今日、知ったばかりなんだ」

「誰もそんなこと話していなかったわ」

「マルコス・サルダリアガのことばかり取りあげていてな」

「カルミナが」と女房は繰り返した。それからおれはあいつが泣き出したのを見て、なぜ話してしまったんだろうと悔やんだよ。

「誰に聞いたの？」すすり泣きながら訊いてきた。

「まずは横になれよ」と声をかけたが、呆然として突っ立ったままだ。

「誰に？」

「クラウディノ先生さ。今日、膝の治療をしてもらってね。治療代に雌鶏一羽持っていく約束をしたよ」

「雌鶏」と放心状態でつぶやくと、電気を消して隣に横になり、あいつは妙なことを口走ったよ。うちには雌鶏が二羽いるっていうのに「どうやって手に入れるつもり？」と。

それからおれの答えも待たずに、カルミナ・ルセーロの話を始めてさ。あんなによい人はいないと言い、夫や子どもたちのことにも触れ、どんなに彼らが苦しんできたことかと同情すると、「うちが生活に困っていたとき、いくらでもパン代をつけ(ヽ)に(ヽ)してくれたのよ」と付け加えた。蒸し暑い室内でふたりが吸っている空気のなかに、ときおりあいつの嘆きが上がっては消えてさ。癒やしの眠りに落ちそうになるたび、タイミングよく妨げてくる。それは寝ようとしているというよりもむしろ、責め苦の渦中にある国の、村のなかにあるベッドの上に、吸いつけられてなすすべもなく横たわっている状態だった。とてもじゃないがそんな女房に、捕虜となったカルミナが、二年前に死んだ事実を伝える勇気はなかった。言わないところで、その晩ふたりがまんじりともせず夜を明かすことに変わりなかったが。

§6§

そのままごろごろしていたところで、どうなるもんでもないだろう？　夜明けとともにベッドから抜け出し、おれは家をあとにして、昨日と同じ道をたどって崖まで行ってみた。朝日が当たるこの時間帯には正面の山がよく見渡せて、山腹に点在する家々が不朽の景観を誇っていたよ。一軒一軒は離れていても、ひとまとまりになっていてさ。今後も高くそびえる緑の山に、色どりを添えつづけることだろう。昔オティリアと出会う前には、余生はあそこでと夢見たもんだが、今やあれらの家はもぬけの殻か、住んでいてもわずかだろう。つい二年ほど前まで九十世帯が暮らしていたのに——麻薬密売組織と政府派遣の軍隊間、ゲリラとパラミリターレスのあいだに起こった——戦闘に巻き込まれ、多くが殺され、強制退去させられて、結局残ったのは十六世帯。この先、何世帯が残るだろうか、そう言うおれたちも残るだろうか？　そう考えたら初めて耐えられなくなって、美しい景色から思わず目をそらしたよ。今日、ここらの状況は何もかも変わってしまった。〝しかも好ましくない方向にな、ちくしょう〟。

崖の縁に沿って一頭の豚が、地面を嗅ぎ嗅ぎやってきてさ。おれの足元で一旦止まり、首をもたげ、鼻息を荒げ、ブーブー鳴いたかと思うと、つぶらな瞳でおれの靴を見つめた。こいつは誰の豚だ？　村内を豚や雌鶏がうろついているのは、日常茶飯事の光景だ。昔は誰の所有か見分けがついたが、今は飼い主の名前からして忘れてしまったかもしれん。〝ところで雌鶏の代わりに、こいつをクラウディノ先生に持っていったらどうだろう？〟。

早朝の村に雄叫びが上がり、一発の銃声が響きわたった。坂の上、通りの角だ。そこで発砲されたらしく黒い煙が上がっていてさ。白い影が角から角へと道を横切っていったよ。銃声が続くことはなかったが、慌てて走り去る数人の足音が聞こえてね。今朝はあまりに早く家を出過ぎてしまったようだ。ここはさっさと逃げるが勝ちだ。近頃は落ち着いて道も歩けやしないな。今度はせかせか家路を急ぐ自分の足音だけがしてね。左右の足を互い違いに、どんどん歩みを速め、ひたすらわが家を目指したよ。早朝五時におれはいったい、こんなところで何をしているんだ？

そのとき、さっきの影が家の方角へ逃げたことに思い至ってさ。おれははたと立ち止まったよ。逃走経路の後追いはどう考えても得策ではない。発砲はどうやら収まったようだが、私的な事件だったのか？　それは十分考えられるぞ。いつもの戦闘とは種類の違う、別の戦闘にちがいない。誰かが盗みを目撃したとか、単に誰かを発見したとか。だけど、誰かっていったい誰だ？　歩き出してはまた立ち止まり、耳をすませてみたものの、何も不審な音はしないし、何の声も聞こえない。そうそう、膝のことをすっかり忘れていた。「三日は安静にせねばならん」とクラウディノ先生に言われたのに。そこで左脚を下から上へながめ、自分の体に訊いてみる。〝膝よ、おまえはまたもや痛むつもりか？〟。いや、そいつはなさそうだ。何の痛みも感じず何ブロックも歩いているから、きっと治っているのだろう。膝を痛めてしまうだなんて、まったく情けない話だよな、オティリア。何たる前兆。何たる失態。たとえおれが死んだとしても、誰も困りはしないだろうが、もしもおれが歩けなくなったら、誰が下の世話をしてくれる？　オティリア、どうかお願いだから、おれより先に逝かないでくれ。

どこへ向かうのか見当もつかず、とにかく前へ進んだよ。白い影とは逆方向に、発砲現場から遠ざかるように。どうせならサン・ホセ村の日の出を座って拝める場所がいいな。とはいえグアラポがもう一杯必要だ。呼吸するたび胸が疼《うず》くような心の痛みを抑えるのに。いったい何を気に病んでいるんだ？　自分が死ぬかもしれないってことか？　すると再び銃声がして、おれはその場に凍りつく。今度は連射する音だ。離れたところで鳴っている。つまり、これは別の戦闘じゃなく、正真正銘の戦闘だ。おれたちは正気を失いつつあるのか、すでに狂気に達してしまったんだろうか？　おれはどこへ行き着いたんだ？　なんだ、学校じゃないか。習慣ってのは恐ろしいもんだ。

「先生、ずいぶんお早いご到着で」

なんだ、ファニーか。ところで、ファニーって誰だった？　そうそう、門番の女だよ。昔よりひと回り小さくなったが、今なお変わらぬ前掛け姿だ。何十年も前の話になるが、彼女の簡易ベッドから抜け出すときに、何かのにおいがしてなかったか？　そうそう、アグア・デ・パネラの香りだよ。昔よりずいぶん髪が白くなって、今もまだここに住んでいるらしいが、子どもたちの姿が見当たらないな。何ばかなことを言っているんだ、おれは。子どもらだってもういい年だろうし、とっくに村を出ていったはずだろう。代わりに若死にした亭主のことはよく覚えている。守護聖人を祝う祭りから家に帰る途中、連れていたラバごと谷底に落ちて、家畜の下敷きになって死んだんだ。

「先生、どうやら昨晩か今朝がた、誰かが連れ去られたらしいわよ」

彼女の瞳はあの芳香を嗅いだ頃と変わらぬ輝きを宿しているが、その体はおれよりも相当がたが来ているようだ。

「早いとこ家に戻りなさいな」

「言われなくてもそのつもりだよ」

こちらの答えが終わらぬうちに、いきなり戸を閉められた。そのつれない態度からして、おれとの思い出など覚えてはいまい。おれは村の反対側から再び家路を急ぐ。影のあとを追いたくなかっただけなのに、ずいぶん遠くへ来てしまったもんだ。いったい今は何時頃だ？　いくらなんでも、もう影はいないだろう。これで心おきなく帰れるぞ。そう思った矢先に広場で兵士たちに止められる。銃を突きつけられ、連行されて、教会前の階段に座らされた男たちのなかに入れられた。どれもこれも知った顔ばかりで、おれに気づいて挨拶してきたやつもいてさ。おれより年配の友人セルミロは、奥のほうで悠長に居眠りなんかしていたよ。とにかくおれは逮捕されてしまったんだ。さすがのオティリアも今日ばかりは退屈しないだろう。まばゆい朝日が、シーツをふわりとかけたみたいに山頂から山麓へと下ってきてさ。気温自体はまだ涼しいが、刻一刻と辛辣な暑さを大地に注ぎはじめている。もしも今頃、いつものようにはしごに登って、いつものようにオレンジをもいで、いつものようにオティリアが金魚たちに餌をやって、猫どものいる庭にいられたら――。

ひとりの兵士がおれたち皆に身分証の提示を求め、別の兵士がパソコンの画面で番号の確認をしていた。サン・ホセ村で眠っていた住人たちも、徐々に家から出てきてさ。早起きが災いしたことを即座に了解しただろう。おれたちはたまたま運が悪かっただけだと。逮捕された連中は誰もが同じ問いかけを、自分自身に繰り返しているにちがいない。どうして今日に限って早く起きてしまったのか？　どうして朝も早うから表を歩いていたのか？　と。兵士が名簿を読み上げ、「以上の者は行ってよろしい」と約半数がその場で釈放されてね。名前を呼ばれず呆然としたおれは、構わず釈放組に紛れ込み、ライフル銃を持った兵士たちのあいだを何食わぬ顔で通り過ぎたよ。疲れているのか、無関心なのか、実際、こっちを見もしなくてね。おれよりずっと老いぼれのくせに、セルミロもちゃっかりあとに続いてきていたよ。彼のほうも名前を呼ばれなかったことが心外だった様子でさ。「いったいわしらが何をした？」とおれに言うと、「非難されるいわれなんぞないじゃろう？　あほどもめ」と悪態をつき、自分を案じて探しに来もしない息子たちの親不孝ぶりを嘆いていた。そのときおれたちの耳にロドリーゴ・ピントの訴えが聞こえてきた。不安に駆られた若者は両手で白い麦わら帽子を握りしめ、弱々しく抗議していたよ。自分は山に暮らしている隣村の住人で、この村とはほとんど関係ないと。しかし、彼は拘束されたまま、いったいいつ釈放されるのか誰にもさっぱりわからない。先程本人から聞いた話では、食用油と粗糖を買いにこの村に来ただけなのに、向かいの山の中腹にある自宅へ戻るのを許されなかった。家では身重のかみさんと四人の子どもたちが、彼の帰りを心待ちにしているというのに。だけど彼には、おれやセルミロにならって、人垣からこっそり抜け出す勇気がなかった。おれたちのようにずるく立ちまわれるほど、年をとってはいなかったからな。

釈放されず、脱出もできなかったやつらは、不満というよりもあきらめ顔をしていてさ。三、四時間はその場で待たされ、おれたちのことを見つめていたよ。よくあることだ。ともかく何かが起こったときは、先手必勝に限るのさ。結局、居残り組は軍のトラックに乗せられていった。基地のなかでさらにくわしく尋問されるにちがいない。「村でひとり誘拐されたらしい」と近所の連中が噂していたが、いったい、今回は誰が誘拐されたのか？　誰も知らないし、それ以上調べようともしない。誰かがさらわれるのは、ここじゃあよくあることだけど、必要以上に深入りするのも、過度に心配するのも厄介な結果を招くだけ。拘束時間が長引いたので、なかには亭主を探しにきて、話を始めた女たちも何人かいた。オティリアは来ていなかったが、きっと眠りこけているんだろうな。おれも隣で寝ていると思って。とはいえ、もう正午だぞ。信じられん。いったい、いつのまに時間が過ぎたのやら。まあ、これもよくあることだ。いつものように過ぎ去ったのさ。

「ああ、やっぱり先生でしたか。どうやらあなたも夢のなかにいらしたようで」

「あんたもいたとは知らんかったな」とおれは相手に応じたよ。

「まさか。わたしは傍から見ていただけで。あんまり気持ちよさげにうたた寝をしていらっしゃるから、お邪魔しないようにと思いましてね。まるで天使たちの夢でも見ているような顔をされていましたよ」

ヘンティル・オルドゥス医師が大手を広げて近づいてきた。日差しを受けて反射する四角い眼鏡と、白いワイシャツがやけにまぶしい。

「わたしは拘束されていませんでしたが」と説明する。「先生は冗談好きな方だけに、あの場をどのように切り抜けられるか、非常に興味がありまして。そこで注目していたわけですが、どうして言い返さなかったのです？『パソス先生のお通りだ』とでも言ってやれば、一発で釈放間違いなしだったでしょうに」

「あの少年兵たちは、おれのことなど知らないよ」

真正面からおれを見つめる彼の顔は、満足げで血色がよく健康そのものでさ。何ごともなくてよかったといわんばかりに、おれの両肩を軽く叩いてきた。

「ご存じですか?」と出し抜けに言われた。「ブラジル人が誘拐されたそうですよ」

ブラジル人が、とおれは思わず繰り返した。

道理でオルテンシア・ガリンドの家に姿を現さず、オティリアの話にも出てこなかったわけだ。そういえば昨晩クラウディノ先生の小屋から帰る途中、真夜中の通りで鞍をつけたまま疾走している馬を一頭見かけたが、あれは彼の馬じゃなかったか?

「あなたはそれをご覧になったわけですね?」オルドゥス医師が尋ねてくる。「その辺で酸っぱいものでもご一緒にどうですか? それとも苦いもののほうがお好みですか? 今日はわたしにおごらせてください。どうも、あなたといると気分がいいもので。いったい、どうしてなんでしょう?」

勧められるまま医者と一緒に通りに面したテーブルにつく。〝何だ、またもやチェペの店かよ〟と心のなかでつぶやいた。〝これも運命かもしれないな〟。通路を挟んで反対側のテーブルから店主のチェペが挨拶してきてね。妊娠中のかみさんと一緒に鶏のブイヨンを食べていた。ビールの代わりに食事ってのも悪くないかもしれないな。チェペの顔は喜びにあふれ、生き生きとしていたよ。それもそのはず。もうじき第一子が生まれて後継ぎができるんだ。数年前にチェペは一度、誘拐の憂き目に遭っている。幸いすぐに逃亡して、崖の下へと滑り落ち、山の洞窟に六日のあいだ隠れて難を逃れたと、笑いながら武勇伝を語っていたよ。まるで冗談でも言っているように。事件後、少なくとも表向きは、何ごともなかったようにサン・ホセで暮らしつづけている。今日、店ではチェペの代わりに別の人間が接客していてさ。黒い髪に白いヒナギクを差した、若い娘の給仕だった。若い娘は皆、村を出ていったなんて、言ったのはどこのどいつだよ!?

「先生のそばで人が平穏な気分に浸れるのは」と医師がつぶやく。「あなたの老いのなせる業かもしれません」

「年のせいだというのかよ？」おれは理解に苦しむ。「老いは平穏などもたらさないぞ」

「しかし、年の功を重ねた知恵者は動じることがないでしょう、先生？　あなたは尊敬に値する老人ですよ。ブラジル人もたびたびそう話していましたし」

下心でもあるんじゃないかと、ついついおれは勘ぐってしまう。

「おれの知っている限りじゃあ」と応じる。「あいつはブラジル人なんかじゃない。この国の人間、コロンビア人だよ。キンディオ辺りの出身のな。どうしてブラジル人などと皆が呼ぶようになったのやら」

「それは手に負えない疑問ですよ、先生。あなたにとってもわたしにとっても。それよりどうして彼が誘拐されたかを考えるほうが先でしょう」

オルドゥス医師は四十前の男盛りの年齢で、六年ぐらい前から村の病院を指揮している。ふたりの女看護師と巡回医療専門のとっても若い女医に囲まれ、独身生活もあながち捨てたもんじゃないだろう。この辺りじゃかなり名の知られた優秀な外科医でね。夜間に密林のどまんなかで、インディオの心臓手術を強行し、麻酔はおろか医療器具さえ満足にない状態で成功させた凄腕だ。これまで二度、ゲリラにサン・ホセから遠く離れたエル・パロまで連れていかれそうになったが、チエペと同様、運よく脱出できた。パラミリタ―レスがさらいに来たときは、市場の片隅にあったトウモロコシの大袋に隠れて難を逃れたらしい。オルドゥス医師の場合は身代金目当ての誘拐ではなくて、外科医としての腕を見込んで利用する目的だと言われている。サン・ホセでの経験は医師に決定的な影響を与えたらしく、「当初は頻繁に起こる血なまぐさい事件にびくびくしどおしでしたけど、今やすっかり慣れましたよ」と口癖のように言っている。オルドゥス医師はチエペにも増して、いつでもにこにこ笑っていてね。この土地の出でもないのに、ほかの医者たちと違って、村を捨てる気がない貴重な存在だ。

彼は弱々しい声でささやいてくる。

「わたしは見抜いていましたよ。ブラジル人が密かに予防線を張ってパラミリやゲリラに結構な額を払っていたのをね。何も手出しをされないようにと期待していたのでしょうが。だったら、どうして？　なぜ彼が誘拐されたのか？　どうお考えになりますか、先生は。それほど用心深い男で、近々一家で村を去る予定だったのに。それでも逃れられなかった。村の人々の話によると、彼の農場では牛が一頭残らず首を刎《は》ねられていたらしいですよ。何らかの不興を買ったのでしょうが、問題はその相手が誰なのか」

そこへ給仕の若い娘がビールを運んでやってきてさ。そこで医師は話を打ち切り、大手を広げて迎えたよ。

「お医者さま」テーブルからチェペが大声で呼ぶ。その隣でかみさんは頬を赤らめ、落ち着かない様子で天井を見上げている。そんな夫婦をオルドゥス医師がグレーの瞳で見やったら、「やっと決心がつきましたよ」とチェペが続けた。「男か女か是非知りたい」

「わかりました」と答えたものの、オルドゥスは席から立とうともせず、椅子を後ろにずらして、眼鏡をはずした。「さてさて、カルメンサ、腹を見せておくれ。そこから、そうそう、横向きの状態で」

妊婦はため息をつくと、椅子をわずかに動かして、言われたとおり胸の下までブラウスをまくってみせた。七、八カ月といった腹だが、明るいところじゃさらに目立って見える。医師は真剣なまなざしで腹部をじっと観察している。

「もう少し横を向いて」と指示すると、さらに目を細めた。

「これでいい?」彼女が体をずらすと、弾みで胸まであらわになった。両の乳首は大きくなって黒ずみ、さらに大きな乳房ははちきれんばかりになっている。

「女の子だ」と告げると、医師は再び眼鏡をかけた。先程ビールを運んできた娘が歓声を上げて、くすくす笑いながら店の奥に入っていった。チェペのかみさんはブラウスを下ろし、真顔になってこう言った。

「じゃあ、名前はアンヘリカね」

「よし、そいつで決定だ」チェペはにっこり微笑んで両手をパンと叩いてね。掌《てのひら》をこすり合わせると再び皿に向かったよ。


表の道を兵士の一群が通りかかった。少年のように若い兵士のひとりがテーブルの前で立ち止まり、木の手すり越しに腹立たしげにおれたちに注意してきたよ。禁酒令が出ている、酒を飲むことはできないと。

「酒を飲むことはできるが」と応じる医師。「禁じられているだけだろう。落ち着きたまえ、ビール一本だけだ。ベリオ大尉には話してある。わたしは医師のオルドゥスだよ。きみはわたしを知らないかい?」

兵士は何か言いたげな顔をしたが、迷彩色の集団のなかへ戻っていった。彼らは村を出ていかなかった若者たちだ。隊列を組んでゆっくりと、死地に赴《おもむ》くのがわかっているようにのろのろ前進していたよ。彼らを走らせようと思ったら、背後からベリオ大尉の号令ひとつで事足りるだろうが、当のベリオの姿はどこにも見当たらない。大体においてみずから死に急ぐ戦士なんぞ、ほんの少数の特例さ。もはやそんな勇者はどこにもおらず、過去の遺物と化しているんじゃないか。ある日、とある若い兵士が、玄関先で水を一杯飲ませてくれと頼むや、おれに言ったことがある。

「今日にでもおれはやつらのひとりに殺されるに決まっている」と。結局、他の若者同様に前線へと向かっていったが、恐怖に身をよじる思いだったにちがいない。狼狽で顔がすっかり青ざめていたから。そりゃあ無理もないことだ、あの若さだったもの。「おれは死にに行くようなものさ」との言葉どおり、確かに彼は殺された。後日、遺体となって戻ってきた彼の硬直した顔を目にしたよ。しかも彼ひとりだけじゃなく、ほかにも多くの若い顔があったんだ。

あの若い兵士たちは今、どこへ向かっているんだろう？　たったひとりの無名の人間を救出しにいくつもりか？　これでしばらく村には兵士がひとりもいなくなってしまうな。目の前で医師が話しつづけているあいだも、おれの目は通りをずっと見つめている。村に残っている娘たちは、出ていかれなかったのさ。家族に彼女たちを送り出す金も、手立ても、頼る先もなかったから。そんな娘たちはとりわけ美しくおれには思えるよ。最後の最後まで、この村に残ったからかもしれないが。先程兵士らが進んだほうとは逆向きに娘たちの一群が走り去ってゆく。スカートをはためかせながら、恐怖の叫び声を上げながら。しかし、なかには兵士たちに別れの言葉をかける、黄色い声も混じっていた。

「ふたつの軍隊に対して、サン・ホセには大隊がたったひとつ」と医師が言う。悲しげな表情でおれを見ているが、ひょっとして話を聞いていないのではと疑っているのだろうか。とにかく耳を傾けるとしよう。「わたしたちはこのゴキブリよりも無防備なのですから」と言うや、彼は床を這いずりまわっていた巨大なゴキブリを靴のかかとで踏みつぶした。「もっと部隊を、と村長が要求するのも理にかなっていますよ」

おれの目は小さな立体地図のような、床につぶれたゴキブリの跡に釘づけになる。

「まあ」とおれは応じる。「ゴキブリはこの世の終わりまで生き延びるだろうさ」

「もし彼らが地球外生物ならね」と、医師は自信なげに高笑いすると、おれをさらに見つめてね。

どんなときにもたえず満面に笑みをたたえて。今度は軽く拳でテーブルを叩いてみせた。「先生、村長がラジオで話したのを聴きませんでしたか？　テレビでも放送したらしいのですが、彼は本音で語ったんですよ。サン・ホセ村には海兵隊が一個大隊。あとは警察の駐在所が一箇所あるのみで、これでは守りはなきに等しい。無法者どもに、どうぞ掌握してくださいと言っているようなものだ。加えて、願わくは防衛大臣にここまで来ていただいて、村の置かれた現状を自分の肌で感じてもらいたいと。そんなせりふを言うにはそれなりの覚悟がいることですよ。口が過ぎると疎まれ、罷免されるかもしれませんからね」

心優しいヘラルディーナは今頃どうしているだろうか。おそらく事情を知ったオティリアがそばについてやっているだろうが。おや、生ぬるい液体が片方の脚を濡らしている。おれはたまに小便に行くのを忘れて、失禁してしまうのが困りものでね。このこともクラウディノ先生に相談しておけばよかった。こんなときに参ったな。下を見やると、ズボンの股の辺りに片側だけ軽くにじんできている。怖くてちびったんじゃないよな？　イスマエル。それとも怖かったからか？　今朝耳にした連射ではなく、飛び出してきた影が原因か？　いや、単なる老化だよ。

「聞いていらっしゃいますか、先生?」

「実は膝が痛くて」と咄嗟に嘘をつく。

「月曜日、病院に来てください。そのとき診てみましょう。今日はこのあと予定が詰まっているもので。どの膝? 左ですか? わかりました。これでどちらの脚が悪いかだけははっきりしましたね」

おれは医師に別れを告げて席を立つ。早くヘラルディーナに会って、声を聞き、彼女の身に何が起こったのか確かめたくてたまらない。医師のほうも立ちあがった。「わたしもお供しますよ」と、いたずらっぽく笑って「あなたのお隣さんの家にね。二時間ほど前、彼女に鎮静剤を飲ませたものですから。神経過敏な状態にあったもので、落ち着いたかどうか様子を見てみましょう」と言って、またもやおれの肩や背中を叩いた。この暑いさなかに柔らかく繊細な外科医の手で、多くの死に触れることに慣れたその熱っぽい指で、汗で肌にへばりついたシャツを押されて気持ち悪いったらありゃしない。ひどく不快でうんざりしてしまったよ。「触らんでくれ」とおれは口にする。「頼むから。今日はおれに触らんでくれ」と。医者は再び高笑いすると、おれの横を一緒に歩きはじめた。

「お気持ちはわかりますよ、先生。早起きしただけで捕まった日には、誰だって不機嫌になるのは当然のことですよ」

§ 7 §

村はずれのいつもの角では、エンパナーダ〔訳註：肉・野菜などを詰めたパイ〕売りが粘《ねば》っている。呼び込みというより呪詛のような怒号が「おぉおぉおぉいっ!!」と耳に入ってきた。何年も前から相も変わらず人通りのない場所で客寄せしてさ。今日はなおさら売れるわけもないのに、誰にともなく叫んでいる。ガソリン燃やして揚げ釜を熱する小さな屋台を道連れに、サン・ホセにやってきた当時の初々しさは今やどこにも残っていない。そろそろ三十に手が届くだろうが、丸刈り頭で片目が斜視で、狭い額に深い傷跡、作り物かと見紛《みまが》うようなやけに小さい耳をしていてさ。誰も名前を知らないもんで、〝おーい〟と皆は呼んでいる。つてもなくサン・ホセに流れついて以来、腕組みしながら屋台の後ろに突っ立つお馴《な》染《じ》みのスタイルで、油がはじける巨大な箱型の釜で揚げた、手製のエンパナーダを売っている。誰彼なくする身の上話はいつも同じ繰り返しだが、あまりに不気味な内容に皆、エンパナーダを食べる気が失せてしまう。これ見よがしに調理用ナイフをちらつかせ、黒ずんだ高温の油にドボンと沈め、再び掲げて豪語するんだ。これだけ熱すれば人間の首もバターみたいにすぱっと切れる。実際、自分はボゴタにいたとき、エンパナーダ泥棒に試したと。「このおれさまから盗もうっていうのがそもそも大きな誤算だよ。正当防衛は当然の権利だろ」と言って、うちわ代わりにあおいでいたナイフで相手の首を切る真似をしてさ。次いでありったけの声を振り絞って毎度のごとく叫ぶんだ。誰にともなく耳を聾する声で「おぉぉぉぉいっ!!」とね。

おれがやつのエンパナーダを買うことは二度となかったが、きっと医師も一緒だろう。どうやらふたりは同じことを考えていたらしく、オルドゥスはおれにこう言った。

「殺人願望に取りつかれているらしい」と嫌悪感をにじませ、売り子の視線を避けながら。

埃だらけの寂れた通りをさらに先へと進んでいく。

「もしくは殺人恐怖症に取りつかれているか」とおれ。「本当のところはわからんよ」

「わたしがこれまで出会ったなかでも、とびきり不可解な男ですよ。エンパナーダを売ってそこそこ金を稼いでいるはずなのに、いまだに女どころか犬一匹すら同伴していたためしがなくて。テレビのニュースの時間になると、決まってチェペの店に現れて、ドアにへばりつき映画以上に熱中して画面に見入っているんです。二年前、この平和村〔訳註：訳者解説を参照〕で教会爆破が起こった直後、死体の散らばる村の通りが初めて報道されたとき、画面の奥に一瞬、いつもの角にいる彼が映ったんです。すかさず自分を指差して彼は、店内で『おぉぉぉぉいっ!!』をやりました。絶叫でガラスが割れそうになって、鼓膜や心臓が破れるかと思いましたよ。たまりかねたチェペが彼に『おまえの持ち場で叫べ！』と苦情を言うと、さらに大声で『叫ぶ権利もないのか!?』と吐き捨て、店を出ていきました。噂によると、教会裏の空き地をねぐらにしているらしいですが」

するとと医師の言葉に応じるように、はるか後方から「おぉおぉおぉいっ!!」が聞こえてね。やつが叫ぶのはすっかりサン・ホセで馴染みの光景になってしまった。医師は意見を求めるように興味津々見つめてきたが、おれは意見を差し控えたよ。もうすぐブラジル人の家に到着するし、それ以上話したくもなかったからだ。玄関先にはベリオ大尉のジープが停まっていてね。「まだブラジル人の捜索に出てないとは」とオルドゥスはわざと大げさに驚いてみせた。開けっ放しになった大きな鉄柵の門をくぐると、ちょうどマウリシオ・レイがなかから出てきてさ。あまりに場違いな白いスーツ姿に、オルドゥスはおれに耳打ちした。「どうもこの村に残った有力者たちは、新たな慰問先ができることを喜んでいるようにしか思えませんね」。医師がマウリシオ・レイを好いてないばかりか、嫌悪しているのは知ってはいたが、さらに非難の言葉をあからさまに口にした。「あれではレイが酔っているなどと誰も思いはしませんね。あんなふうにまっすぐ歩いて。取り繕うすべを学んだのでしょう」

「パソス先生、医者と並んで歩いていると病気になるって言わないか？　まあ、病気といってもせいぜい風邪程度のものだろうが」マウリシオがおれにそう言うと、医師は明るく笑い流した。それでもヘラルディーナの家の前で会話できたのは無駄ではなかった。

相談でもするかのように三人とも互いの顔を見ながら小声で話す。

「ベリオはまだちんたら情報を集めていてさ」とレイが語る。「犯人を追跡するのが怖いんじゃないか」

「それはいつものことですね」と答える医師。

「まあ、とにかくおふたりさん」興奮ぎみにレイが言う。「なかに入ってヘラルディーナのそばにいてやんな。ブラジル人のだんなばかりか子どもたちまで連れていかれたんだから」

「子どもたちも?」とおれは訊き返す。

「ふたりともな」と言ってレイは道を空けてくれた。

そこで初めてヘラルディーナではなく、子どもらのことを考えた。庭で転げまわる姿がありありと浮かんで、到底信じられない思いだったよ。オルドゥス医師が先頭に立って家のなかへと入っていく。おれもあとに続こうとしたが、レイに腕を引っ張られ、人目につかないところへ連れていかれた。実際、彼が飲んでいるのは息のにおいですぐにわかった。真っ赤な目が白いスーツと好対照をなしていた。ひげをきれいに剃っているせいか、一見若返って青年時代に戻った感じがするが、〝永久にアルコール漬けの〟って但《ただ》し書きが必要だな。巷《ちまた》じゃゲームの最中に眠ってしまうから二度とチェスはしていないと言われているよ。一瞬、体をふらつかせたが、即座に持ち直すと「一杯どうだ?」と笑ってさ。「今はまずい」と応じるおれに酒臭い顔を近づけてきた。それから完全に放心した様子で、誰もいない通りをぼんやりながめてさ。「気をつけろよ、先生。

世のなか、しらふのやつらでいっぱいだから」と告げると、固く握手をして立ち去っていく。

「どこへ行く気だ、マウリシオ？」と後ろ姿に声をかける。「おまえは家に帰って寝たほうがいい。今日はそこいらで祝う日じゃないぞ」

「祝うだって？　まさか。広場にちょっと立ち寄って、何があったか聞くだけさ」

そこへ二名の兵士を従え、大尉どのが出てきてさ。おれたちの会話をさえぎると、揃ってジープに飛び乗った。太めの赤ら顔でかろうじて会釈はしたものの、ベリオがおれたちに声をかけることは結局なかったよ。

「だから言ったろう？」と離れた場所からマウリシオ・レイがおれに叫んだ。


知らなかったな。ブラジル人の家にこんな場所があったなんて。こざっぱりした落ち着いた居間で、花で飾られ、柳製の椅子が並び、まわりに散らばるクッションが、くつろいでくださいと誘っているよ――敷居のところで立ち止まったまま、室内の話し声を耳に、何よりもヘラルディーナの家のにおいを、私的な場所に漂う空気を、彼女の香りを吸い込みながら、おれは内心つぶやいた。すると医師の言葉にすすり泣きが続いてさ。大勢の女たちの声とともに奥のほうで咳払いが聞こえたよ。部屋のなかを見まわしてオティリアがいないのを確認し、敷居をまたいで部屋に入ると隣人たちに会釈した。すると何カ月か前に赴任してきた、学校長のレスメスが近づいてきてさ。元教師のおれを同僚と同然と見なしたんだか、まるで自分の所有物みたいに部屋の隅に連れていった。

「残念でなりません」と校長はおれに嘆いたが、ヘラルディーナに挨拶するのをあんたに阻《はば》まれて嘆きたいのはこっちだよ。「わたくしはこれでは何もしないためにサン・ホセ村に来たようなものです」と小声で不満を漏らした。「誰ひとり子どもが学校に来ないなんて。それがなぜだかわかりますか？　学校の真ん前にバリケードが築かれたんです。万が一戦闘が始まったら、最初に被害をこうむるのはわたくしたちではありませんか」

「失礼」とそこで話を打ち切り、おれはヘラルディーナを目指したよ。

「今しがた事情を知ったところだ」と声をかけた。「大変だったな、ヘラルディーナ。おれたちにできることがあったら、何なりと遠慮なく言ってくれ」

「ありがとう、ご主人」か細い声で応じたヘラルディーナは、すっかり別人になっていて。泣きはらした真っ赤な目をして、オルテンシア・ガリンドと同じく黒一色に身を包んでいた。だけど、裾のほうにはいつものごとく美しい両膝が（おれの目はどうしてもそっちに向かってしまう）一層丸く一層輝き、存在しつづけていたよ。顎を上げた彼女の姿勢は、目に見えない誰か何か――殺人犯か凶器の前――に自分の喉を差し出しているみたいでさ。完璧に打ちのめされて苦悩に顔をゆがませて、熱っぽい瞳を輝かせて両手を組んだり離したりしている。

「ご主人」とおれに言う。「オティィリアがあなたを探しまわっていたわ。とっても心配している様子で」

「これから探しに行ってみるよ」

それでもおれが留まっていると、彼女はじっと見つめてきてね。

「もうお聞きになって？」と言うなり堰を切ったように泣き出した。「わたしの息子が、わたしの子どもたちが誘拐されてしまったの。子どもにまで手を出すなんて、けっして許されることじゃない」。オルドゥス医師が彼女の脈を取り、気を静めるべくお決まりのなぐさめの言葉をかけた。誰もが皆、気丈で冷静な貴女《あなた》の姿を願っていると。

「あなたにわたしのこの気持ちがわかるとでもおっしゃるの？」とヘラルディーナは訊き返した。彼女にしては珍しく、反抗するような乱暴な口ぶりで。

「もちろんわたしはわかっていますよ。ここにいる皆もね」医師は周囲を見まわしながらそんなふうに断言し、〝皆〟と言われたおれたちはおれたちで、互いに顔を見合わせた。現実にはわかってないのに、恥ずかしげもなく心得顔をよそおって。実際、気持ちはわからないけど、それは自分たちのせいじゃない。そのことはわかっているって意味で、わかったふりをしたんだよ。

彼女が再びおれに顔を向けて語る。

「夫が真夜中にほかの男たちと戻ってきて、いともたやすく子どもたちを連れ去っていったの。わたしに何も言わないで、黙ってふたりを連れ出したの、死人のように青ざめて。銃口を突きつけられて、話すのを禁じられていたんじゃないかしら？　だから何も言えなかったのよ、きっと。

彼が単に怖気《おじけ》づいていたから声が出なかったとは信じたくないわ。彼がみずから子どもたちの手を引いて連れていくなんて。あのときのやり取りを思い出すだけで、切なくてたまらなくなってしまう。『どうして起きなきゃならないの?』、『どこへ行くの?』と訊くあの子たちを『さあさあ、行くよ』、『ちょっと散歩に出るだけだ』って説き伏せて。子どもたちにはそう言ったのに、わたしにはひとこともなかったの。まるで、わたしが息子の母親ではないといわんばかりの扱いで。三人とも連れていかれて、わたしひとりが残されて。おまえは身代金の調達をしなけりゃならないからな、と彼らに言われたの。いずれ連絡をするからと。それを笑って告げられるぐらい図々しいやつらだった。家族が全員誘拐されていつ戻ってくるかもわからないなんて、そんなのあんまりよ。せっかくわたしたち皆で、もうすぐ出ていくところだったのに。この村からだけでなく、こんな呪われた国からも」

医師が鎮静剤を、別の人がコップの水を差し出したが、彼女には薬も水も目に入らないらしく、一睡もしていない瞳を向けて、見るとはなしにおれを見つめている。

「それから、わたしは身動きできずに」と語る。「夜明けまでそのままじっとしていたの。お宅の玄関が開いてあなたの出ていく音がしたけど、とても叫ぶことなどできなかった。辺りがすっかり明るくなった頃、やっと動けるようになったけど、それは息子のいない人生の始まりを告げる朝だったわ。いっそ大地に飲み込まれて、消えてなくなってしまいたかった。わたしの気持ち、わかってくれる?」

再び医師が薬と水を差し出すと、今度は彼女も受け取ったが、視線はおれからそらさなかった。

そしてそのまま、おれが戸口から出ていくまで、見るとはなしに見つめていたよ。

§8§

家へ戻ってみたけどオティリアはどこにもいなかった。続いて庭を探したが影も形もなかったよ。現実にはいろいろあっただろうに、何ごともなかった様子でね。はしごは塀に立てかけられたままだし、池ではオレンジ色に輝く金魚たちが泳いでいる。日なたでくつろぐ猫どもの一匹が、首を伸ばしておれのことを見つめてさ。その姿はヘラルディーナを彷彿させた。一夜にして黒服姿と化したヘラルディーナをね。

「先生！」と開けっ放しの玄関から誰かが叫ぶ声がする。

戸口に娘を連れたスルタナが立っていた。その娘っていうのは病人のマウリシオ・レイを介抱していたあの娘だよ。何だかレイの使いで来たみたいだが、彼とは一切関係なくて、女房がスルタナに頼んだことなんだ。週一回、娘さんに庭仕事をお願いしたいと。

「通りの角で奥さんと会ったら」と説明するスルタナ。「先生を探しに司祭館へ行くってさ。迎えに行ったほうがいいんじゃないの。今日は通りをうろつく日よりじゃないからね」

おれはスルタナの話を聞きつつ、娘だけを見つめている。昨晩のように髪を解いてはいないし、同じ目つきもしていない。今は単に初めての家にそわそわして落ち着かないか、働くのがいやでたまらない少女といった感じだ。

「大して時間はかからんよ」とおれは彼女をなだめてやる。「オレンジをもぎ取ればそれでおしまい。あとは帰って構わんから」

オティリアはみずからおれに誘惑を運んできたのさ。そうとはまったく気がつかずに。ワンピースに素足の娘はもう輝いてはいなかった。つま先立ちで廊下を進み、台所、居間、寝室二間、部屋から部屋へと渡り歩いては戸口から遠慮がちにのぞいてさ。身を前後に揺さぶる姿はまるで小鳥みたいだったよ。細くて折れそうなあの体つきは母親譲りと言えないな。だってスルタナは大柄で骨太、頑強を絵に描いたような女だもの。ど派手な赤い野球帽をかぶって、みなぎる力に劣らぬくらい豪快な腹をしていてね。教会、駐在所、村役場の清掃、衣類の洗濯、アイロンがけを一手に引き受け、女手ひとつで娘を養ってきたんだよ。

「いいね、クリスティーナ？」と娘に質す。「これから週に一回、ここに通ってくるんだよ。大して遠いとこじゃないし、これで道順もわかったろう」

親子は揃って庭に出ていく。今後はこの娘の歩く姿を目にして、後ろ姿を目で追って、その後ろを追っていき、心ゆくまま堪能するのか。ひと足ごとにふりまかれる、生々しくも澄んだ野性の香りを。その戸惑いと感激を思うと、この世で一番大切なもののことなど、忘れてしまうな、イスマエル。いずれこの娘に話しかけて、遅かれ早かれ笑わせてやるさ。面白い話でもしてやって。はしごに登って実をもぐ彼女の、足元で花でも摘みながら。

「お宅に庭があったなんて」とスルタナ。「金魚も飼って、花もいっぱい。先生の趣味かい？　それとも奥さん？」

「両方だな」

「じゃあ行くよ」とスルタナは唐突に空を仰いで叫んでさ。「迎えに来るから、ここにいな」と娘に言い残し、男並みの握力でおれと握手を交わすと、そそくさと家から去っていった。

クリスティーナがおれを見つめている。オレンジの枝葉のあいだから差し込む太陽の光にさらされて。まぶしそうにまばたきして。片手で作ったひさしを輝く顔の上にかざしてね。果たしておれを覚えているだろうか？

「ああ、喉が渇く」とひとこと。

「台所に行って、レモネードでも作るといいよ。氷も常備してあるからさ」

まるで奇跡の言葉を発するように「氷」、「氷」と繰り返しながら、娘は目の前を駆け抜けていった。彼女の発する空気のなかに、一瞬、どっぷり浸かった気がしてさ。おれは体がふらついたのか、日なたの際《きわ》にあった揺り椅子に身を委《ゆだ》ねたよ。そのままそこでくつろいでいると、台所の物音が耳に入ってきてさ。冷蔵庫のドアを開けて閉める音、コップと氷のぶつかる音、何かを力いっぱい押している音。どうやらクリスティーナがレモン搾《しぼ》りに格闘しているらしい。そのうち音がしなくなって、どのぐらい時間が過ぎただろうか？　いい加減、自分の膝や靴をながめるのにも飽きてきて。顔を上げると、木々のあいだを音も立てずに横切る一羽の鳥がぼんやり見えた。午後の静けさが一段と増して、世界じゅうが眠る真夜中みたいな気配でさ。すると日暮れにひと雨来そうな、息苦しいほどの圧迫感がにわかに押し寄せてきた。穏やかではない何ものかが、周囲をゆっくりと支配していく。人の心だけでなく、植物たちやおれをうかがう猫ども、今はじっとしている金魚たちも皆、一緒くたにしてだ。家のなかにいるのに、いないような感覚というか、心身を守る防壁ひとつない状態で、道のどまんなかであらゆる武器に囲まれている感覚というか。どうなっているんだ、おれは？　何がおれに起こっているんだ？　ひょっとすると、おれはもうすぐ死ぬんじゃなかろうか？

　早く飲みたくてたまらないって顔で、レモネードのコップを両手に娘が戻ってきたとき、おれは彼女が誰だかすっかりわからなくなっていた。おれを見つめ、おれに話しかけている、いったいこの娘は誰だった？　今まで一度もこんな度忘れを、こんな具合にしたことないぞ。不意打ちに遭ったショックで冷や水を浴びせられるよりぞっとした。太陽の降り注ぐ午後の盛りに突如霧の幕が下りてきて、辺り一面暗くなったような、そんな気分に陥った。とてつもない不安に急激に襲われる。オティリアがひとりでいるなんて。戦闘が再開するかもしれないってときに、平和村の通りをひとりで歩いているなんて。戻ってこい、オティリア。帰ってこい、オティリア――

心のなかのつぶやきがいつしか叫びに変わっていた――おれのことなどほっぽって、おれのことなどあきらめて！

「ああ、やりきれん！」と声を上げ、おれは表に飛び出そうとする。

「レモネードは飲まないの？」

「おれの分も飲んでくれ」そこで娘が誰だったかをやっとこさっとこ思い出し、ぼうっとした頭で尋ねたよ。「さっきあんたの母さんは、オティリアがどこに行ったと言った？」

何のことだかさっぱりって顔して娘はおれを見たけれど、すぐに気づいて答えを返した。

「司祭館って言ってたわ」

おれが司祭館へ向かうだなんて、どうすりゃそんな考えが浮かぶんだよ、オティリア？　もう何年も神父のところへなんか顔を出していないのに。

手足をばらばらに動かし、歩調はどたばた乱れっぱなし、紡《つむ》ぎ車で撚《よ》られる綿みたいに焦って道を進んでいく。何て悪夢だ、どこの通りも空っぽで不安げで、暗い空気が漂っていてさ。そいつが目に見える物体となって、あとをついてくる気がするよ。こんなに日差しが強いってのに、なぜ帽子を持ってこなかったんだろう？　そこで、さっき起こった物忘れについて考えた。ついこの前まで自分の記憶力もまんざらじゃないと思っていたが、この調子じゃ近々自分のことさえ忘れてしまいかねないぞ。そうなりゃ家の隅っこにでも閉じこもるとしようか。そうすりゃ誰もおれを散歩に連れ出せやしないだろう。隣人たちはうまいことやったよ――とおれは繰り返す

——さっさと村を離れてさ。住人がどんどん減っていくけど、無理もないことだよ、何でもありのこの状況じゃあ。どっちみちまた戦闘が起こって、あっちこっちで悲鳴が上がり、爆弾が炸裂するに決まっているんだから。いつのまにか大声でしゃべりながら道を歩いていてさ。ふと気がついて口をつぐんだよ。いったい、おれは誰に向かって、誰を相手にしゃべっているんだ？

広場では男たちが数人ずつ、ところどころに固まっていてさ。ときおり話し声や口笛が聞こえ、日曜日と見紛う情景だった。おれはまっすぐ教会の入口の真横にある司祭館の門扉に向かってね。ノッカーを叩こうとしたが、何の気なしに広場のほうを振り返った。すると一見、ふだんどおりに談笑していた男たちがじっとおれのことを観察しているじゃないか。彼らも霧の幕に覆われているようだった。おれが庭で見たのと同じ、重苦しい霧の幕に。やっぱり、おれはもうすぐ死ぬんじゃなかろうか？　その霧の幕に似た沈黙ってやつが、ほうぼうで人々の顔を覆っていてさ。だからその耳で銃声を聞いたって、誰も一向に声を上げず、弾丸がその耳をかすめる段になって、一目散に逃げ出すんだろう。慌てておれがノッカーを叩くと、ブランカ夫人が開けてくれた。おしろいまみれの不安げな顔を戸の隙間からのぞかせて。彼女は教会のお手伝いで〝聖具室係〟、いわば神父の右腕だ。ミサでは信者からの献金を集め、あとでそれを勘定するのも彼女の仕事にちがいない。以前、ミサのあとアルボルノス神父を訪れていたときには、いつも神父は何もせず、塩水のバケツに足を浸して休んでいたから。

「奥様と入れ違いになってしまわれたわ」と夫人が言う。「あなたのことを尋ねに、ここへいらしていたのに」

「オティリアと追いかけっこをしているものでね」と答えてすぐに立ち去ろうとしたが、相手がおれを引きとめた。

「神父さまがあなたとお会いしたいそうです」そこで門扉を大きく開けると、夫人はおれを招き入れた。

扉をくぐった奥のほうで鷲鼻の神父がおれを待っていた。黒い修道服に地味な黒靴姿で聖書を抱えて佇《たたず》んで。その白髪頭の後ろには、バンレイシ《チリモヤ》やレモンの木々が並んでいる。アザレアやゼラニウムが美しく花を咲かせた、実に涼しげな庭園だ。

「アルボルノス神父、おれは女房を探している途中でね」

「まあ、まあ、先生、そうおっしゃらずに。コーヒー一杯だけでも召しあがってください」

神父もおれの最初の教え子で、八つの頃からの付き合いだ。新米教師として二十二でサン・ホセに戻ったおれは、村への恩返しにせいぜい三年留まって、その後はよそへ移ろうと心づもりをしていたよ。とはいえ、どこへ? 当てがあるわけでもなく、結局どこへも行かずじまいでさ。

この村にほとんど隠遁したまま人生の終焉を迎えるんだろう。そういう点ではオラシオ・アルボルノスも似たような道をたどってね。一度村を出たっていうのに、聖職者となって戻ってきた。到着したその日のうちに、家に挨拶しに来ると、昔、おれが授業で教えたラファエル・ポンボの詩を暗唱してみせた。〈青々と広がる草原のじゅうたん。あまたの樹木に涼やかな木陰。おお、地球よ、誰がおまえにこの風景をもたらしたのか。母なる大地が答えていわく〝それは神の御業です〟〉。「あの詩のせいで聖職の道を志すはめになりました」と笑って語ったのが初日のことで、以来、毎週のように互いに行き来する仲になったんだ。おれの家か司祭館で一緒にコーヒーを飲みながら、最近の新聞記事や最新のローマ教皇の提言について、あれこれ言い合うだけだけど、ときどき話が横道にそれて内緒話に至ることもあったりしてさ。こういう友人関係ってのもありうるもんかと、複雑な気分になったものだ。

聖職者となったアルボルノスの帰郷から数カ月経った頃、女の赤ん坊を腕に抱いた女がサン・ホセにやってきた。バス（その日、唯一の乗客だった）から降りると脇目もふらずに教会に向かって、救いの手と仕事を求めたんだ。掃除、洗濯、ベッドメイキング、料理に繕《つくろ》いもの、何でもすると、村のおばさん連中が厚意で申し出ても、頑として受けつけなかったアルボルノス神父が、どういうわけかよそ者の子連れ女を即座に司祭館に迎え入れた。その女ってのが現在のブランカ夫人で、長年のあいだに聖具室係となってさ。抱いていた娘はとっくに成人して、すでに何年も前に他の娘らと同じく村を出ていったよ。目に見えないほど慎み深く行動し、物静かだがさりげない気配りを怠らない。ドニャ・ブランカは、まさに白い《ブランカ》影のごとき存在として教会を支えつづけている。

　何年か前のある日の午後、いつものようにコーヒーではなくワインを飲んだことがあった。ネイバにいる司教がくれたスペイン産のワインを三本空けたんだが、アルボルノス神父はおれとふたりきりにしてくれと告げて〝聖具室係〟を下がらせた。ほろ酔い気分とは裏腹に何だかさえない顔をして。瞳を潤《うる》ませ口元をゆがませ、今にも泣き出しそうだった。

「あなたでなければ、いったい誰に打ち明けることができるでしょう？」とやっとのことで言葉が出てね。

「おれが聞くよ」と答えてやると、妙な返事をしてきたよ。

「可能であれば、本当は教皇さまに打ち明けるのがいいのでしょうが」

　こんな話の切り出し方には正直おれも戸惑った。目の前の神父は悔恨の塊と化していてさ。さらに長い沈黙の末、ようやく語りはじめたよ。酔いに任せてぶちまけることなく、もったいぶった物言いで。それでも言葉の端々から言いたいことはわかったよ。ブランカ夫人は彼の夫人で、連れてきた子どもはふたりの子ども。この平和村に住むどの夫婦とも同様、毎晩、同衾していると。彼のあとを追って子持ちの若い女がやってきた当初から、思いやりのない陰口が叩かれていたことは、当然おれも知っていた。誰も大っぴらに騒ぎ立てはしなかったが、そんなこと、何のためにしなくちゃならん？「それが何だというんだよ？」とおれは彼に言ってやったんだ。「偽善者ぶるか、悲嘆に暮れるか、倒錯に走って幼児虐待するか。いろんな国でほかの聖職者がやらかしている行為より、あんたの取った行動は、ずっと健全で人間的な営みじゃないのか？　私生活がどうであれ、村の神父であることに変わりはないだろう？」

「いいえ」と彼はおれに反論した。目を剝き、感情的になって、あんな彼は初めてみたよ。だけどすぐに気を取り直し「この状態に耐えつづけるのはそんなに楽ではないんです」と付け足した。「こうなる前も、こうなったあとも、苦しむことに変わりはなくて」

　そして再びちょっと口をつぐむと、自分自身で結論づけた。

「それでも、わたしは神に仕える者としての任務を捨てたりいたしません。それが不幸なできごと続きの、この国におけるわたしの使命なのですから」

　本人はそれで罪の赦《ゆる》しを見出し、納得した気になったらしいが、おれはおれで罪の意識を軽くしてやろうと、こう言うつもりでいたんだよ。「どこの村でもよくある話で、別にあんたが初めてじゃない」。ところが神父は急に話題を変えて、勝手に幕引きしちゃってさ。秘密を打ち明けたことを心底後悔している様子で、今すぐここから立ち去って、さっきの話は忘れてくれと言わんばかりの態度を見せた。そこで、おれは望みどおりにしてやったんだ。とっととその場を立ち去って、さっさと話を忘れてね。だけどあの午後、戸口まで白い影のように付き添って、おれを見送ったブランカ夫人の表情だけは、けっして忘れはしないだろう。満面に笑みを浮かべて、感謝のあまり飛びついてキスでもしてきそうだった。

あの日、彼らとあそこで別れて以来、何年かぶりに今、彼らとここで再会している。それはあの日を境に、訪ねて来いとも家に来たいとも、神父に言われなかったからだ。そして今、相変わらずだが年を取った、彼らとここで再会している。広場に面したすりガラスの窓のある、司祭館の小さなリビングに座って。二年前の襲撃事件のあと、アルボルノス神父ははるばるボゴタへ出向き、爆破され崩壊した教会の復興支援を政府から取りつけた。やられたままの状態で教会を放置しておくことは、相手が誰であっても、攻撃者側の勝利を認めているようなものだと力説して。そうして以前と同じ場所に新しい教会堂が建てられてさ。神にとっても、神父にとってもずっと立派な館がね——と、神父と違って病院への援助を獲得できなかったオルドゥス医師があてこすっていたよ。

ブランカ夫人を同席させて神父がおれと話をするとなると、まさかとは思うが、オティリアのやつ、おれの秘密、つまりは塀とはしごの件を、彼に相談したのかもしれないな。オティリアよ、おれの代わりに告解したってどうしようもないだろう？　だとすれば神父は何を言ってくるだろうか？　三人ともひとことも発さずコーヒーだけをすすっている。すりガラス越しにぼんやりと広場の全景がうかがい知れる。周囲を取り巻くのっぽのカシ並木に堂々たる村役場。長方形の広場は傾斜地になっていて、今いる司祭館は上に、役場は下に位置している。

「再び事件が発生するのでは？」と神父がおれに訊いてくる。「またしても、この広場までゲリラがやってくるんじゃないでしょうか？」

「そうかな」とおれは答える。「今回はそれはないんじゃないか」

広場のほうから叫び声がしても顔色ひとつ変えもせず、ブランカ夫人は天国にでもいるかのように静かにコーヒーを飲んでいる。

「イスマエル、わたしがひとこと伝えたかったのは、以前のように頻繁に会いに来てほしいということです。友人としてでも告解者としてでも、構いませんからいらしてください。どうか、わたしを忘れないで。いったい何があったのですか？　こちらからお宅を訪問できないのは今日のような状況が、これまでもこれからも煉獄と化したこの村で続いているせいなんです。今やわたしたちには友人同士の付き合いをする権利すらないありさまです。だからこそ闘いつづけ、夢のなかでも祈るぐらいの気持ちが必要です。何はともあれ、教会の門戸をすべての者に開放し、迷える子羊を迎え入れるのがわたしの務めなのですよ」

聖具室係は陶酔しきって神父のことを見つめてさ。こっちはこっちで確信に至ったよ。こりゃオティリアはおれの代わりに告解したな、と。

「村の皆にとって非常に困難な日々です」話を続ける神父。「不安に心まで支配されているなんて。しかし、今はわたしたちの神への信仰心が試されているときなのです。遅かれ早かれ救いの御手が差し伸べられるでしょうから」

おれは椅子から立ちあがる。

「コーヒーをごちそうさんよ、神父さん。オティリアを探しにいかなきゃならんのでな。今日は村をうろうろすべき日じゃないって、あんたにだってわかるだろう」

「あなたを探しにいらした奥さんと少々お話したことで、あなたと久しく会っていなかったことを思い出したのです、イスマエル。あまり家に閉じこもらないほうがいいですよ」

戸口のところまで送り出してもらったが、別れ際に思いがけず立ち話が弾んでさ。会わないあいだに起こった事件を挙げて、おさらいするような調子でひそひそ語り合ったんだ。特に共通の知り合いで拷問の末、パラミリターレスに殺された、エル・タブロンのオルティス神父の件については、さらに声を落とさざるをえなかった。解放の神学を広めようとしたかどで誘拐されて責められて、睾丸を焼かれて両耳を切られ、しまいに銃殺されたんだ。「だったら、聖職者は説教の時間に何を話すことができますか?」両手を広げ、目を見開いて、神父はおれに訴えた。「この調子では、神や平和を唱えただけで何やかんやと非難されかねません」。最後の最後に心を決めて外を歩くことにしたらしく、神父はおれと司祭館をあとにした。扉に鍵をかけて待つよう夫人に指示を出してから。怯えた顔で見つめる彼女に「すぐ戻るから」と言い残して。

§9§

おれと神父は司祭館から広場へとともに下っていったんだ。周囲の目が黙って監視していたが、おれたちから何かを暴き出せるとでもいうのかよ？　広場の中央に差しかかった辺りで、男どもの一群がゆっくり上ってきてさ。それを見た神父は一瞬、その場で足を止めたんだ。本当はおれと話を続けたかったんだろうが、教区の信者らに捕まってはそうもいくまい。肩をすくめ、何とも言えないそぶりを見せると、再びおれと並んで歩き出した。男たちと鉢合わせすると励ますような笑顔で応じ、自分はひとことも発することなく、誰にも平等に耳を傾けていた。彼らのなかには村人だけでなく周辺の山に住む連中もいてさ。軍隊同士の衝突が差し迫るときに、山に留まるわけにもいかず、知人の家に女子どもを預けて動向を探りにきたという。役場に行ったが村長も助役もいやしない。どこの事務所ももぬけの殻だ。いったい彼らはどこにいる？　いったいおれらはどうすれば？　いったいいいつまで続くんだ？　抱える不安は誰もが一緒で、皆口々に質問をぶちまけて。アルボルノス神父は反論するように両腕を広げてみせたよ。だって、彼に何ができる？　彼の立場になってみればわかるが、説教同様、下手なことは口にできない。発言が誤解を招きかねないわ、どっちかの軍隊の不興を買う恐れもあるわ、麻薬密売組織のボスを刺激する可能性もある――今取り囲んでいる信者たちのなかにスパイが紛れ込んでいるかもしれない――となれば、たどたどしい言葉のオンパレードになっても無理もないだろう。だから、話は毎度のごとく、信仰云々に終始する。とにかく希望を失うことなく天に向かって祈るのです。同胞同士のこの戦争が再びサン・ホセに到達しないように、反目し合う双方の陣営にどうか理性が芽生えるように、今ひとり無実の犠牲者の列に加えられたエウセビオ・アルミダが解放されるように。誘拐については、先にルビアーノ司教が非道な行為と警告しています。そして最後に人差し指を立てて、一同にこうやって訓戒するんだ――主への信仰心を保ちなさい、闇のあとには必ず光がやってくるからと。何てばかげた言い種《ぐさ》なんだよ。出し抜けにそんなことを言われても、誰にも理解できるわけがないだろう。だけど、神父なら答えを与えてくれると信じているから、誰もが素直に耳を傾けていた。続いて神父は、今朝がた〝神の子〟が国の信仰の象徴に認定されましたと報じ、今後もわが国は幼子イエスとともにあります、さあ、皆さん、祈りましょう、とだめ押ししたんだ。本当のところ、神父も信者も、誰も祈る気になどなれやしないのに。

近づいてきた男たちのなかにマウリシオ・レイも含まれていた。話題がマンネリ化するのを避けてか、女房がおれを探していたと告げてきた。「さっきブラジル人の家で会ったと答えたら、そっちに向かっていったよ」と。

マウリシオと別れて立ち去ろうとした瞬間、広場の斜め下、通りの角に最初の兵士らが現れた。おれと同様、まわりのやつらも気づいて口をつぐんだが、まるで何かを期待するように、視線をそこへと注いだよ。軍人たちはこの前みたいに隊列を組んで行進してきたわけじゃなく、むしろ追っ手から逃走している感じがしてならなかった。あちらこちらに身を隠しつつも今来た角に銃で狙いを定めてさ。とたんにまわりじゃ見知らぬ連中――もしかすると知っている者もいたかもしれん――が、戦慄に顔を見合わせたかと思うと、訳もわからず押し合いへしあいになる。混乱のさなか、誰かが胸の奥で押し殺すような声で「ちくしょうめ、またかよ」とつぶやいていたよ。

兵士らは警戒したまま微動だにしない。総勢十二名から十五名くらいはいたはずだが、いつぞやもそうだったように、誰ひとりとしてこちらを振り返りも忠告もしない。そのとき、村の外から銃の乱射と爆発音が聞こえた。続いて本当に大きく響いて、その冷たさに驚きの声を漏らし、背筋に寒気が走ったよ。おれと同じかそれ以上にまわりは動揺していてさ。恐怖に慄く声と狼狽した顔の渦におれは飲み込まれてしまったんだ。すると一瞬の閃光のなか、鹿を思わせる俊足で司教館へ逃げ帰るアルボルノス神父の影が見えてね。次いでさっきと同じ角から側面穴だらけの救急車が現れ、フルスピードで土埃を上げ、病院のほうへと去っていった。そうこうするうち、今度は別の兵士の一団が広場の上方に現れ、慌てた様子で坂下にいる仲間らに何かを叫んでいる。銃声も爆発音も激しさを増し、次第に近づいきているが、村のどこで起こっているのか、誰にもいまだ見当がつかない。おれたちはどこへ逃げたらいいんだ？　そのとき、まるで息継ぎするみたいに、にわかに爆音が止まってさ。静まり返った間を利用して兵士たちは応戦できる場所を探していたが、おれたちはどこに身を潜《ひそ》めたらいいんだ？　そこへ一台の車が広場の石畳を上ってきてね。エンジン音をうならせ、荒々しくやってきたのは大尉のジープだ。車から飛び降りたべリオがおれたちのほうを見やってさ。てっきり、家へ帰れ、どこでもいいから避難しろと、命じてくるかと思ったよ。ところが、大尉は血の気の失せた顔に怒りをにじませて、口を開いたが息だけ吸って、数秒沈黙を保ってさ。不意に「ゲリラだ！」と叫んだと思うと、片手でおれたちを囲むように示し、「おまえら、ゲリラだな!!」と絶叫しながらこっちへ向かってきたんだよ。

憎悪のあまりか泣く寸前か、大尉は顔をゆがめてさ。恨みに駆られたかのように片手を腰に持っていくと、すかさず銃を抜いたんだ。それは、大尉の指揮した人質救出作戦が失敗に終わったばかりか、敵が事前に道に仕掛けた地雷で部下が六名負傷した直後だったと、あとになっておれたちは新聞で知ることになった。だからといって彼の行為が正当化されるといえるだろうか？　部下が密かに〝癇癪《かんしやく》ベリオ〟と呼ぶほど逆上しやすい性格の彼が、おれたち民間人に銃口を向けて一発撃ってきたんだぞ。おれのすぐ近くで誰かが倒れたが、あえて誰が撃たれたかを知ろうとする者などいない。おれもまわりのやつらも催眠状態に陥ったように、相変わらず狙いを定めたままの大尉を見つめていた。今度は別のところから二発め、三発めと銃声が聞こえ、ふたりが倒れて合計三人になった。即座に兵士たちがベリオを囲むと、ようやく正気に戻ったらしく本人は拳銃をしまってさ。ジープに飛び乗り広場を出ると、さっき救急車が向かった村の中心部へと走り去っていった。おれはそこで納得したよ。アルボルノス神父が逃げたのは実に正しい判断だったと。たった今起こったばかげたできごとのなかで何が真実で何がそうでないか、ほかのやつらとあれこれ言い合う間もなく、五分も経たずに救急車が現れてさ。広場に乗り込み、おれたちのそばにつけると、負傷者を運び入れていったんだ。最後のひとりがマウリシオ・レイで、信じられずに愕然としていると、いつになく酔った顔をして「死んでたまるか」とおれに言ってきた。「やつらにそんな喜びを与えてたまるか」と。

今や互いに相談もせずに、まるで見知らぬ者同士のように、めいめい別の方向に逃げ出した。とはいえ、おれも含めて一部の男は同じ場所をぐるぐる回っているだけだったが。不意にオティリアのことを思い出して、足を止め周囲を見回した。広場のはずれの角の向こう、村の中心部で轟音がしてさ。灰色がかった煙が上がり、風に流され消えていったよ。すでにまわりには誰の姿も見当たらず、土煙のなかから現れたのは、脚を一本引きずって吠える犬一匹。もう一度誰かいないか探したが、ひとり残らず消えていた。どうやら取り残されたらしい。またもや爆音、さらに強い響きが空気までも震わせる。広場のもう一方の角の向こう、あれは学校の方角じゃないか。最悪の予感に駆られたおれは、そっちへ歩きかけたんだ。衝突のまっただなかと思《おぼ》しき場所、学校。オティリアがいるとすればそこしかない。司祭館にいると考えたぐらいだ、学校に向かっても何ら不思議じゃないだろう？

「どこへいらっしゃるというの、先生！」とブランカ夫人がおれの背中に叫んでね。扉の隙間から半分のぞいた白い顔は恐怖にこわばっていた。「こっちへ来て隠れて、早く！」

ためらいつつも身をひるがえして司祭館に向かったよ。遠くでも近くでも銃声はどんどん激しさを増している。おれの二、三メートル横を兵士の一団が駆けていて、よそ見でもしていたのか、追い抜きざまにひとりが肩にぶつかった。弾かれたおれはその勢いで地面に転がりかけたけど、目を見開いた白い顔の前までどうにかこうにかたどり着いた。

「オティリアを探しに行かなくちゃ」と言うおれ。

「きっと今頃、お宅で先生の帰りを待っていらっしゃるわ。危険に身をさらすのはおやめなさい、先生。さあ、さあ、早くなかに入って。そうでなければ閉めますよ。あなたにも銃声が聞こえるでしょう」

「だけど、オティリアがもし学校にいたら？」

「ばかなことをおっしゃらないで」

そこでおれは今一度、自分の記憶力を嘆いたよ。そうだ、レイが言っていたじゃないか、オテイリアはブラジル人の家に向かったと。そこでおれは引き返すことにしたんだ。背後から叱りつけるブランカ夫人の叫びを耳に。

「殺されてしまうわよ！」


ヘラルディーナの家にたどり着くと、鉄柵門と玄関扉が鎖と南京錠で封鎖されていてさ。うちの玄関も誰かが内側からかんぬきをかけたらしく、固く閉ざされ、びくともしない。無駄かもしれんが扉を叩いて、開けてくれと叫んでみた。もしもオティリアがなかにいれば、とっくにドアを開けているはずじゃないか。そう考えたら身がすくんで、それ以上悪くは考えまいと努めたよ。単におれの声が届かないところにいることだってありうるし。そういえば、スルタナの娘はまだいるだろうか？　それとも帰ってしまったか？

内側からすすり泣きが聞こえる。

「おれだよ、早く開けてくれ」

誰も応じない。

玄関先の——木製扉に両手を当てて、額をくっつけている——おれのところから、さほど離れていない通りの角に、別の兵士の一群が出現してさ。七人から十人ほどの迷彩服姿の集団だったが、足元のサバイバルブーツでぴんと来た。いや、あれは兵士じゃない、正真正銘ゲリラだよ。

玄関にへばりついているおれを目にして、見られたことを悟ったらしい。こっちにやってきそうになったが、反対側の角から聞こえた銃声にぎくっとしてさ。注意を完全に敵対者側に向けて、身をかがめ、ライフルを構えて、そっちへ走っていった。ところが最後尾につけていたゲリラが、ふいに立ち止まって振り向いてね。何か言いたいことでもあるのか、それともおれを知っているのか、もしくは身元を質すつもりか、そういう雰囲気だったんだ。けれどもこっちの予想に反し、ひとことも発してこなかったし、何かを言い出すそぶりもないし、それともあとで話すつもりだろうか？　ゲリラといってもまだ少年で、霧がかかったような陰気な顔に、燃えあがる炭火みたいな目をしていてさ。おもむろに腰に手をやり、こっちに何かを投げたんだ。小石でも放るようにして力を入れずにゆっくりと。放物線を描いて飛んでくる物体は、げっ、手榴弾じゃないか！　思わず悲鳴が飛び出たよ。これでおれもおしまいか？　相手もおれも手榴弾の行方を固唾《かたず》を飲んで見守っていると、地面に落ちて一度バウンドしてさ。石ころみたいにころころ転がって、うちから三、四メートルの地点で爆発せずに止まったよ。ヘラルディーナの玄関とおれの玄関との中間、ちょうど歩道のところでな。そいつをしばしうっとりながめていた少年が、ようやく口を開いてさ。通り一帯に響き渡る声で祝うようにこう言った。「へえっ、じいさん、運がいいな。宝くじでも買ってみなよ」。純粋に何か返事をしなければと思い、本当だ、こりゃ運がいい、と言おうとしたが、とっくの昔に少年はどこかへ消え失せたあとだった。

そのとき玄関扉が開いて、スルタナの娘が泣き顔をのぞかせた。

「母さんは？」と彼女はおれに訊いてきた。「母さんを探しに行ってもいい？」と。

「いや、まだだ」と答えて、家に入ってドアを閉めた。一件落着とはいっても、不発弾が気がかりだ。この瞬間に爆発すれば、玄関はおろか家全体が吹っ飛ぶぞ。慌てて家のなかを駆け抜けて、庭のほうへ避難してみたものの、そっちでも銃声や爆音がして、仕方なく廊下を逆戻りしたよ。

泣きながらあとを追う少女を引き連れたままで。寝室に入ると自分のこの目でベッドの下を確めて、また庭に出て、それから台所、娘の部屋、バスルームと探してまわる。

「オティリアは？」とおれは彼女に訊いたよ。「オティリアは戻ってきたのか？」と。

いいえ、と答えて、まだよ、と繰り返し、泣きやむことなく首を横に振った。

§ 10 §

おれたちふたりは爆音がするたび、そこから少しでも遠ざかろうと、死に物狂いで家のなかを部屋から部屋へと移動した。最終的に居間に行き着き、窓の陰に隠れたが、そこから垣間見た光景には呆気にとられてしまったよ。いったいどちらがどの軍隊か、まったく見分けがつかないが、相対する部隊がときどき思い出したように攻撃し合っているようだ。無慈悲そのものの顔をした兵士たちがほうぼうに身を潜めている気配がしてね。ブーツの音や喘《あえ》ぎ、罵り声から、ある者はゆっくり、ある者は全速力で、叫び声を上げ、もしくは絶望に駆られ無言のまま、ひた走っている様子がうかがえた。するとそのとき、体が揺さぶられるほどすさまじい轟音が庭のほうで響いてさ。その衝撃で居間の八角時計の――昔ポパヤンでオティリアが買った、鎮痛剤〝アルカセルツァー〟の宣伝文字が描かれた――ガラスに無数のひびが入り、午後五時ちょうどを刻んだ状態で永久に止まってしまったよ。身の危険も顧みず裏口目指して廊下を走る。うちの敷地で戦闘が起こっているかもしれないってのに、身の危険だ何だと、うだうだ言っていられるか。庭では磨き抜かれた平石敷きの池が半分吹っ飛ばされ、地面に輝く水たまりで橙色《だいだいいろ》の金魚たちがピクピク痙攣《けいれん》していた。どうする？ 拾ってやるか？ この惨状を目にしたら、オティリアは何て思うだろう？ しようもないことを気にしたおれは、一匹一匹拾い上げ、天に向かって放り投げたよ。あいつが死んだ金魚を見なくていいように、なるべく遠くへ飛ばしてね。

ブラジル人の家との境の塀は爆破され、煙がくすぶって、大人ふたりが通り抜けられるほど大きな穴が開いていた。立てかけてあったはしごは木端微塵《こっぱみじん》で、破片が辺りに散乱してさ。咲き乱れていた花々もちりぢり、素焼きの植木鉢も粉々だ。オレンジの木の一本には幹に長い亀裂が走ってね。かろうじてつながっている部分がハープの弦のように振動していた。破裂したオレンジの実が一面に散らばって、庭じゅうに無数の巨大な黄色い水玉模様を描いていたよ。すると信じられぬ光景が目に留まった。塀の上を四人、いや六人の兵士がバランスを取りながら駆けている。本当に兵士か？ 間違いない、と自問自答していると、庭に飛び降りた兵士たちが一斉にライフル銃を向けてきた。肩で息をしながら、汗のにおいをぷんぷんさせて。ひとりの兵士に玄関はどこだと尋ねられ、人差し指で示したおれは、廊下を急ぐ彼らのあとを一緒についていく。居間でクリスティーナが悲鳴を上げた。殺されると思ったのか、両手で顔を覆っている。最後尾の――おれたちの一番近くにいた――兵士が彼女に気づいたらしい。尊大な口ぶりで「テーブルの下に隠れて身を伏せな」と忠告すると、仲間のあとを追っていった。おれは彼らに何かを言わなければ、何かを警告しなければ、何かについて訊いてみなければと考えていたが、それが何だかまったく思い出せず、そうこうするうち玄関に着いた。兵士たちは静かに扉を開けて、顔をのぞかせ左右を確認すると一気に通りへ飛び出した。「ドアを閉めろ」と叫んだから、おれは素直に従ったけど、何を伝えなきゃならなかったんだ？　そうそう、手榴弾のことだった。突然思い出したものの、再度庭のほうで起こった轟音にすっかり気を奪われた。「さっき言われたばかりだろう？　隠れていろ」とクリスティーナに声をかけた。「どこに？」と金切り声で訊かれ、おれは必死で叫んだよ。「どこだっていいから。地中にでも潜っていな」。

息苦しい煙が庭から廊下まで、長い根っこみたいにぐんぐん伸びてきていてさ。その流れの合間を縫って、おれは庭に駆け戻った。煙のなかで目を凝らし、塀の上を注視する。兵士がまだいる可能性は大だし、下手をすると敵と間違えられる恐れもある。でも、もう構うもんか。通りで死ぬよりよっぽどましだ。そう意気込んでみたはいいが、ふとオティリアを思い出し、にわかに恐怖と怒りに襲われ、庇護を求めるように塀の穴に留まった。もうもうたる煙は、さっきとは別の木が燃えているせいだった。先端が真っ二つに割れて、樹皮がはがれ、白い部分が剥き出しになっている。そこに血がついていたから根元のほうを見てみると、木端をまともに浴びて絶命した一匹の猫の死骸があったんだ。周囲がぐるぐる回り出した気がして思わず両手で頭を押さえる。朦朧《もうろう》とする意識のなかで、ヘラルディーナの家を見つめた。皮肉なもんだな。穴ができたおかげで、家全体が難なく見渡せるようになるなんて。テラスもプールも単にながめるだけじゃないぞ、なかを歩くことだってできるんだ。ちょっと、こんなときにおれは何を考えている？　ヘラルディーナの裸体だって？　大ばか野郎め。違うだろう、肝心なのはオティリアがなかにいるかどうかだ。とはいえ、塀の向こう側に人の気配はない。見分けがつかないというほうが正解だ。相変わらず通りでは銃声がしていたが、次第に間隔は空いている。遠くで聞こえる叫び声はどうやら教会のほうらしく、白い尖塔の周囲にらせん状の煙が昇っていた。隣の庭に入って見ると、うちより被害はましだったが、いつも陽気に歌い、うろうろしていたコンゴウインコたちが見当たらない。まもなく、プールに浮かぶ硬直した彼らの姿を目にしたよ。テラスを横切り家にたどり着くと、庭に面したガラス戸が全開になっていて。そこからなかに向かって声をかけてみたんだ。「誰かいるか？」。「オティリア、おまえもここにいるのか？」と。

するとと背後で何かか誰かの動く気配がしてね。心臓の縮まる思いで、おそるおそる振り返ってみたら、何だ、驚かせやがって、うちの雌鶏たちじゃないか。ブラジル人の庭に避難していた二羽は、コンゴウインコと違ってほとほと運のいいやつらだな。何ごともなかったかのようにせっせと何かをついばんでいたよ。その様子を見ながらおれは、そうだと、クラウディノ先生との約束を思い出した。

先程、暇乞《いとまご》いしたばかりの居間にヘラルディーナはまだいてさ。同じ椅子に同じ黒服、同じ姿勢で座りつづけていた。意に反して悲しみの虜《とりこ》になっているというか、急激に圧倒的にうちのめされて暗い陰に沈んでね。両手を膝に乗せ、虚《うつ》ろな目をして、苦悩の像と化していた。夕暮れどきがそうさせるのか、戦闘中だからなのか、今日は一段と深い夕闇がすべてを包み込んでいく。ヘラルディーナのまわりを亡霊のような者たちが囲んでいる。そう思ったら、それは彼女のために集まった女たちで、延々と続く問答みたいにロザリオの祈りを捧げていた。邪魔に入ったおれのことなどまったく意に介さずに。仕方なく女たちのあいだにオティリアの顔を探したが、はたと気づいて自分が情けなくなったよ。あいつがいれば、とっくに気づいておれのところへ来ているはずじゃないか。無駄とは知りつつ「オティリアは？」と訊いてみたが、案の定、応じることなく女たちはぶつぶつと祈りを唱えたままだ。

「ここにいたのよ、ご主人」とヘラルディーナがおれに告げた。まったく感情のない声で「一旦来たけど、また出ていったの」と。

同じ場所を通って家に戻ると、台所に入ってコーヒーの用意をした。鍋を火にかけ、その場に座って湯が沸くのをひとり待つ。ぐつぐつと煮立つ音がしてもそのままじっとしていたら、いつしか水はすっかり蒸発し、鍋を焦がしてしまったよ。鍋底から上がる細長い帯状の煙が、燃える木と猫の死骸を連想させる。やれやれ、結局コーヒーひとつ沸かせないのか、おれは。自分自身に呆れながらコンロの火を消した。ところで、今何時だ？　銃声はしてないようだが、あれからどのくらい経ったんだ？　戦火はひとまず収まったようだが、これから時間は、おれの時間は、どう経過していくんだろう？　ときおり遠くで嘆く声が聞こえる。まるでおれたちのことなどお構いなしに、誰かを呼ぶ声、大声で叫ばれる名前、いろいろな名前、駆け抜ける足音、さまざまな雑音がやがて消えゆき、いつしか完全な静寂に取って代わってしまったよ。日が暮れはじめて薄暗くなり、自分の姿ぐらいしか識別できない。コーヒー沸かしに再挑戦しようと今度はポットを取り出して、蛇口をひねるが水がすぐに出なくなる。電気もつかない。断水に加えて停電にまでなったらしい。コーヒーを飲むチャンスを逃してしまったな、イスマエル。この調子じゃあ、いつ復旧するかわかったもんじゃないぞ。こんなとき、オティリアだったらどんな行動に出るだろう？　池の水の残りを汲んで、石炭ストーブに火をおこし、大惨事のさなかに皆にコーヒーをふるまうにちがいない。そんなことを考えながら、おれはじっとしていたよ。夜の帳《とばり》がすっかり下りた頃、拡声器を使って語る声が通りから聞こえてきてね。負傷者がいる場合には直ちに救出を、そうでなければ状況が正常化するまで屋内に留まるようにと、マイクを通じて無感情な声が淡々と訴えている。「この状況が正常に戻るまで……すでに賊軍は撤退させた……」。

アナウンスに応じるかのように家のなかでうめき声がしてね。〝クリスティーナ〟と思ったとたん、半死の麻痺状態から抜け出した。おれを揺さぶる唯一のものが彼女の名前だったんだ。ろうそくを灯そうと台所の引き出しを漁《あさ》るが、一本たりとも見つからない。仕方がなく手探りで家を歩き、寝室へと向かったよ。古い木彫りの聖アントニウス像を置いた場所は、祭壇みたいにしてあって、そこに行けばろうそくもマッチもあるとわかっていたからだ。暗闇のなか、再びうめき声が上がる。紛れもなく少女の声だが、この部屋ではないらしい。震える手でどうにかこうにかろうそくに火をつけ、その光を頼りに家じゅうを歩き、名前を呼んでクリスティーナを探した。結局、彼女は娘の部屋のなかで見つかった。何年も前から、おれが一歩も足を踏み入れなくなった場所だ。オティリアは「あそこだと娘のそばにいられる気がする」と言って、こもっては一家のために祈りを捧げていたけどね。

「クリスティーナ」叫ばんばかりに声をかける。「けがでもしているのか?」

「大丈夫」とようやく返事があって、ベッドの下から這い出てきた。

するとろうそくのほのかな明かりに、めくれ上がったワンピースのなかが映し出されてさ。鳥のように痩せ細った太もも、その奥に控える密林の暗がり、意識的にか無意識のうちにか、ついつい目がいってしまう。こんな不幸な状況下でおれは何をやっているんだ。自己嫌悪にさいなまれ、忌まわしい思いでいっぱいになる。彼女は顔を涙でぐしょぐしょにして、再び「母さんは?」とびくびくしながら訊いてきた。うちの娘のお気に入りだったクマのぬいぐるみを抱きしめて。何だかんだ言ってもまだ少女なんだ。孫同然の年齢さ。

「母親を探しに行きたきゃ行くがいいさ」とおれは彼女に言ってやる。「戻ってきたけりゃ戻ってこいよ。戻りたくなけりゃ戻らなくてもいい。だが、泣くのだけはもうやめろ」

「でも、どうやって?」ようやくまともな答えが返ってきたよ。「勝手に涙があふれてくるのに」

「今は泣いているときじゃないんだ、クリスティーナ。何も笑えと言っているんじゃない。おれもおまえも、探している者を見つけ出すために、全力を尽くさねばならんってことだ。今泣いたら、それこそ涙で気力が削がれてしまうだろう」

実際には自分自身に言い聞かせてもいた。

やがて娘が玄関を出て、強く扉を閉め、夜のなかへと走り去っていく音が聞こえた。通りと同様、空っぽになった夜の闇のなかへ。おれは娘のベッドに腰かけたままだ。支えていたろうそくが溶け出し、両手に流れて落ちてきて、夜が白む頃には芯も燃えつき、指先の焦げたにおいだけが残っていた。夜になっても明け方になっても、帰ってこなかったか、オティリア。また探しに行くしかないが、いったいどこに行けばいい？　それにしても、おまえはどこまでおれを探しに行ったんだ？

鳥のさえずりが聞こえてきた。こんなときにも鳥たちは鳴くんだな。朝の光に少しずつ慣れてきた目に、庭の様子が映し出される。憔悴しきった夜明けだ。生き残った猫たちが台所でニャア鳴いている。オティリアがいればするだろうことを、おれが代わりにやってやる。パンとミルクを与えて、ついでに自分も同じものを食べながら、おれもおまえの猫みたいなもんだと考え、死んだ猫のことを思い出したよ。そうだ、あの猫を埋めてやらんと。おまえに猫の死骸を見せたりしないからな、オティリア。木のところまで行ってみると、無残な猫の姿は昨日のままそこにあった。その木の根元に埋葬してやる。残るはクラウディノ先生の山小屋しかないな、オティリア。向かうとしたら、そこしか考えられないよ。おれ自身が先生に雌鶏を一羽持っていくつもりだと言ったんだから。そこで戦闘に遭遇したか？　まだそこにいるのか？　おれもそこまで行ってやる。今からそこへ向かうからな。おれはわが身を奮い立たせようと、しつこいほどに繰り返したよ。闇のなかに希望と呼ばれる小さな光を見つけたように。

§
11
§

出発前にブラジル人の庭に戻って、雌鶏たちを探しまわった。そっちで暮らすことを選んだうちの二羽の雌鶏を。ガラス扉越しにこっちを見やる黒服姿のヘラルディーナの視線を感じてね。とうとう一羽を捕獲すると、呆気にとられた顔を見せ、リュックに押し込む段になると、かすかに笑みを浮かべていた。さあ、これでオティリアとクラウディノ先生と一緒にサンコーチョが作れるぞ。ヘラルディーナに声もかけず、別れの挨拶も抜きにして、通用口と化した塀の穴からそそくさと家に戻った。人気《ひとけ》のない通りを歩きはじめた頃には、戦闘のことなどすっかり忘れてさ。奇跡的に難を逃れた雌鶏のぬくもりだけを肌身に感じ、クラウディノ先生とオティリア、犬と、鍋を囲む光景だけを頭に思い描いたよ。この村からも憂き世からも遠く離れた楽園は、中腹まで霧に覆われて、目の前にそびえ立つ不動の緑の山のなか。まだまだ長い道程がこれからおれを待っている。

石畳の道から街道に出る手前、村の一番はずれにはグロリア・ドラドが住んでいてさ。マンゴーの木が生えている小さいながらも瀟洒《しょうしゃ》な家は、マルコス・サルダリアガが買ってやったものだ。半開きになった玄関口に、白のパジャマ姿でほうきを手にしたグロリアが見えた気がしてね。てっきり声をかけてくるかと思ったけども、ドアを閉めてしまったよ。サルダリアガの失踪以来、彼女が味わっている苦悩とは、あまりにかけ離れたおれの笑顔に、挨拶する気が失せたのかもしれないな。街道に入って程なく、後ろから声をかけられた。明るい色の瞳に淡褐色の肌をした、不思議な魅力を備える女性、サルダリアガを夢中にさせたグロリア・ドラドの声だ。

「気をつけたほうがいいわ、先生。村が誰の支配下にあるのか、いまだに不明なんだから」

「誰の支配下だろうと、別に変わりやしないさ」と返すと、別れを告げて進んだよ。喪失感と不安が限界に達したサン・ホセをあとにし、山へと向かうのは実に気分がいいもんだ。しかも行く手で待っているのはオティリアとの再会なんだから。


だいぶ村から離れて道も険しくなってきた。夜明けとはいえ、まだ暗さの残る山中で、灌木のあいだから三つの人影が飛びかかるように現れ、おれは取り囲まれたんだ。あんまり近くに寄られたもんで、相手の目さえも見えないし、兵士かどうかすらも判別できないほどだった。こっちか、あっちか、それとも別の軍隊か。それがどうしたっていうんだよ？　今のおれに重要なのは、オティリアが待っていることだけさ。ところが、何か血のにおいのようなものを感じ、とたんに身がすくんだ。まさか戦闘のことまで忘れてしまっていたとか？　いったいおれはどうなっているんだ？　〝村が誰の支配下にあるのか、いまだに不明なんだから〟。グロリア・ドラドの忠告を無視したことが、今さらながら悔やまれる。あそこで家に戻るべきだったか。でも、オティリアのことはどうするんだよ？

「どこへ行くつもりだ、じじい」

男らは体を密着させて、ぐいぐいおれを押してくる。腹に鋭い切っ先、首に冷たい銃口を突きつけて。

「オティリアを連れ戻しに山へ」と答える。「この近辺にいるはずだから」

「オティリアだと」と三人は口々に繰り返すと、うちひとりが質してきた。「誰のことだよ、オティリアってのは。おまえの飼ってる雌牛かよ？」

このせりふを耳にしてほかのふたりが笑うかと思ったが、緊迫した沈黙は続いたままだ。冗談だととらえたおれは、笑いに乗じて雌鶏ともども退散する気でいたが、相手は大まじめだったらしく、本気で牛かどうかを知りたがっているようだ。

「おれの女房のことだよ。彼女を山の上まで探しにいく」

「見え透いたことをほざくな」とひとりが言う。顔を寄せられタバコくさい息がまともに当たる。

「聞いてないとでも言うのかよ？　軽々しく村を出ることはできない。もと来た道を引き返しな」

相変わらず男たちは強く体を押しつけてくる。

「聞いてないね」と正直に答える。「とにかくクラウディノ先生のところへ女房を迎えに行かなくちゃ」

「先生もクラウディノもないって言ってんだろ」

もうひとりが耳元で鼻息荒くがなり立てる。

「帰してもらえるだけでもありがたく思え。おれたちを怒らせる前に、つべこべ言わずにさっさとずらかりな」

別のやつがさらに近づき、リュックのほうをのぞき込む。

「中身は何だ？」と言いつつ包帯を巻いた指でリュックの口を開け、おれの目を見据えて「何の仕事をしている？」と重々しい口調で質したよ。

「雌鶏を殺している」と答えたものの、なぜそんな説明をしたのか、自分でもよくわからない。サンコーチョが原因だろうか？

他のふたりも同様になかをのぞき込んでくる。

「丸々太った鶏ばかりをな」ひとりがあざけるように言った。

あともうちょっと、ほんの少しで街道から脇にそれ、険しい道を山へと登るだけなのに。オテイリアが上で待ちわびている予感がするのに。あるいは、そう思いたいだけなのか。今の今になって初めて自分が、明け方のこの街道で身を危険にさらしている現実を悟る。ここにいるのはおれたちだけ、〝彼ら三人とおれ〟だけだ。一陣の風が岩のあいだを吹き抜ける音が耳に響き、土埃を舞いあげる様子が目に映る。ついにおれも死ぬのだろうか？　その風に導かれるように暗い冷気が山から降りてきた。身震いを覚え、とたんにオティリアは上にいないんじゃないかと感じ、初めてオティリアに対する希望が吹き飛んだ気がしたよ。

「欲しけりゃ、どうぞ持っていってくれ」と言うと、やつらはひったくるようにして雌鶏をつかみ出した。

「これで命拾いしたな」と笑いながらひとりが声を上げる。

「今すぐ首を刎ねてやるから」ともうひとりが応じる。「あっというまに平らげられるぞ」

戦利品を得た男たちは、おれのことなど目もくれず、山道の入口とは反対側の茂みへと走り去っていった。取り残されたおれはひとり山道を登りはじめたが、雌鶏を失ってしまったことに、にわかに思い至ってさ。最初の曲り道で立ち止まると、口元に両手を添えて、やつらが消えたほうに向かって声を限りに叫んだ。

「おれが殺すのは雌鶏だけだぞっ!!」

恐怖を覚えつつもサンコーチョの夢を奪われた怒りを抑えきれず、何度も繰り返し叫んだよ。おれが殺すのは雌鶏だけだと。今度は急に叫んだことを後悔して、パニックに陥ってね。上へ上へと逃げたよ。心臓が破裂しそうなのも構わずに、ありったけの力を振り絞って。こんなことをしでかすなんて、自分から殺してくれと求めているようなものじゃないか。ところが、追ってくる気配はなかった。どうやら、やつらの空腹のほうがおれの悪態に勝ったらしい。そんなことはどうでもいいと、とにかくオティリアのことだけ考えた。

山小屋までたどり着いた時点で、すでに異様なまでの静けさが、おれに語るべき事柄を如実に語っていた。小屋のなかにはオティリアはおらず、首のないクラウディノ先生の死体が床の上に転がっていてさ。その傍らで先生の犬が血の海のなかに体を丸めて死んでいた。〝敵に協力した罪で処刑〟と壁に炭で記されていてね。見たくもないのに部屋の隅っこに先生の頭を見つけたよ。彼の顔と同様に壁のティプレもつぶされていてさ。愚かなことに、これではわざわざ壁からはずしてやる必要もないなと思ったよ。その瞬間に口から出たのは〝オティリア〟という名前だけ。彼女の名を呼びながら小屋のまわりを何度もまわった。

そこはおれに残された最後の場所だったから。

あきらめて街道まで下っていくと、反対側の灌木の奥からたき火の煙が上がっていてさ。雌鶏の焼けるにおいが風に乗って漂ってきた。嗅いだとたんに、歯と歯のあいだから胃のなかのものが次々あふれ出し、街道の脇で嘔吐したんだ。しまいには胆汁まで吐き出して。今度こそ間違いなく殺されると思い、足早に街道を逃げ帰る。気力など残ってないのに、走りたくてしかたがない。村のなかでおれを探すオティリアに会えると、まだ信じていたからだ。

§
12
§

もう正午に近いはずなのに、今日もサン・ホセは日曜みたいにひっそり静まりかえっている。

「すべてはふり出しに逆戻り……か」と呆《ほう》けたようにつぶやいた。それというのも、すれ違ったなかにオティリアの顔が見つからなくて。村の入口でグロリア・ドラドが、「希望を失わないで」と哀れむようなまなざしを送っていたよ。街道からそう遠くない、五十メートルほど離れた井戸端では、兵士たちが水浴びしていて、洗濯しながら冗談なんかを飛ばし合っていた。

広場からほど近い、かつて〝市場〟だった長方形の建物では、男たちが議論をしていて、スピーカーから流れる提案に反論の声が飛び交っていた。会場に入ろうにも廊下にまで人がひしめき、とてもじゃないが進めない。人の波にもまれて初めて真昼の暑さを感じたよ。それでも何とか前進すると、議論がおこなわれている広間に近づいた。ここからならば話も聞こえるし、広間の奥も見渡せる。無数の頭がひしめく中央に、アルボルノス神父と村長の顔も確認できた。話しているのはレスメス校長で「戦闘地域が空の状態で、軍とゲリラが対決できるよう」村を明け渡してはどうかと提案していた。それに対して叫び声やささやき声で反論が上がる。政府がサン・ホセ村から警察を引きあげるまで、抗議の形で主要道路を占拠したほうがいい、と数人が提起する。「確かに」とレスメスは同意して、「せめて住民に対する襲撃がやむよう、対決姿勢を示す塹壕を居住区から取り除いてもらわねば」と言い加えた。そこで別の者から報告がなされる。今回の襲撃により、すでに兵士五名、警官三名、反乱者十名、民間人四名と子ども一名が死亡し、また少なくとも五十名の負傷者が出ていると。集会は合意に至りそうもないが、そんなことはどうでもいい。オティリアがいそうもないなら、早々に退散するまでだ。とはいえ、あとからあとから人が詰めかけ、とてもじゃないが出られない。それでも何とか後退しようと奮闘する。ところが、そのとき村長が提案をことごとく却下して、今から政府に武装勢力との対話を始めるよう要求するつもりだと言い出してさ。おれも含めて集まった者は皆汗だくになって、呆然としながら議論の行方を見守った。「この問題は根本から解決しなければ意味がない。過去にアパルタドとトリビオ、現在はサン・ホセ、今後どの村でも起こりうることだからだ」と村長が言うと、「しかし、彼らが求めているのは、住民の立ち退きなのですよ」とアルボルノス神父が口を挟む。「わたしはすでにいやというほど思い知らされてきましたからね」。すると多くの者たちが「村を捨てるなんて無理だ」と興奮ぎみに反論し始めた。「わずかながらも苦労して手に入れた土地を、簡単に手放してたまるかよ」と。そこで村長は「村を明け渡すことが解決策だとは言いがたい」と断言したが、さすがの彼も再び家々が襲撃される不安を無視することはできまい。この問題がおれたちにまで及ぶなんて、いったい誰が予想しただろう？　あちらこちらでそんな声が聞こえる。何年も前、教会が攻撃される前には、他の村からの避難民がたびたびこの村を通り過ぎて、女子どもも含めた果てしない行列が街道をゆく、悲惨な光景をながめたものだった。食べるものもなく行く当てもなく無言で歩く人の群れを。別のときには、土地を追われた先住民が三千人、一時期サン・ホセ村に滞在したことがあったけれど、仮設の避難所での食料不足が深刻化して、結局立ち去ってもらう以外になかったんだ。

今度はおれたち住民に番が回ってきた。

「おれの家はめちゃくちゃだ」と誰かが叫ぶ。「誰が弁償してくれるんだ？」。あきらめの笑いがあちこちから漏れてくる。「神の慈悲にすがりましょう」とアルボルノス神父が皆にうながして「天にましますわれらの父よ……」と始めると、とたんに笑いも消え失せた。人々が祈りに没頭しているうちに立ち去ろうとしたが、そう考えたのはどうやらおれだけではなかったらしく、結構な人数に押し出されてやっと出口にたどり着いた。誰も祈る気になどなれないってことだろうか？　外に出るなり、エンパナーダ売りの〝おーい〟の声が耳に入ってくる。熱く煮えたぎった通りに彼の絶叫がこだましていた。無意識のうちに向かった広場じゃ、男たちが固まって話をしていてさ。知った顔が多いのに、近づくと急に口を閉ざし、ばつが悪そうな顔して挨拶をしてきたよ。彼らは調査を開始するために職務から一時的にはずされたベリオ大尉の噂をしていた。「軍法会議にかけられたところで、ほかの村で大佐に昇級するだけじゃろう。民間人に発砲した功績によってな」と老人セルミロが予測する。おれよりも年上で気心知れた仲なのに、どうも目が合うのを避けているようだ。おいおい、セルミロ、どうしてそんなにおれの姿に怯えている？　おれを哀れみ、同情していても、自分は息子たちのあいだに引っ込むことにしたということか。

話しかけてくる連中によると、村の周辺に地雷が仕掛けられたらしい。つまり、吹き飛ばされずに村を去るのは不可能ってことか。そんなことも知らなかったなんて。いったいどこにいたんだい、先生？　噂では一夜にしてサン・ホセのまわり全部に地雷が埋められたって話だよ。それでも七十個くらいは解体したって聞いたぜ。で、あといくつ残っている？　そんなもん、わかるかよ！　と口々に罵り声が上がる。ブリキの缶や牛乳缶に鉄屑だの糞だのを詰めた代物でさ。命拾いしても傷口から化膿させるんだと。ひでえ話だ。そこまでしみったれているのか？　次に地雷を踏んでしまい、片方の耳と目を失ったという十五歳の少女ジナ・キンテロが話題になった。今やサン・ホセ村には外から入ることも、なかから去ることもできない状態だという。

「病院に行ってみるよ」とおれは彼らに告げる。

とそのとき、上空でヘリコプターの音がし、誰もがひやっとしながら空を見あげたよ。一機かと思いきや二機もいてさ。軍の駐屯地の方角へ飛んでゆくのを皆で黙って見届けた。

おれは広場から離れようとする。

「先生」と誰かに呼び止められたが、聞き覚えのない声だ。「病院に行っても無駄ですよ。けが人まで殺されちまったんだから。皆はもう知っているけど、奥さんを探しているんでしょう？　死者のなかにはいなかったから、まだ生きているってことですよ」

そう言われて立ち止まったが、相手の顔は見なかった。

「行方知れずってことか」と言うおれ。

「そういうことです」と応じる相手。

「ところで、マウリシオ・レイはどうしているんだ？」

「他の負傷者と同じく死にましたよ。オルドゥス医師まで殺されたんですから。ご存じなかったですか？　今回は医薬品を保管している冷蔵庫に隠れようとしたところを、発見されて冷蔵庫ごと蜂の巣にされたそうですよ」

どこに行くかもわからないまま、おれは再び歩き出す。

「とんでもない事件が起こったもんです、先生」

「あなたはじっとして待っていたほうがいい」

「そのうち知らせがあるでしょうから」

「とにかく落ち着くのが先決だよ」

再び家に戻り、再びベッドに腰かける。

生き残った二匹の猫がおれのまわりを鳴きながら回っている。「オティリアが行方不明になった」と告げると、ショックを受けたみたいでさ。彼らの濡れた瞳を見つめるおれの瞳も潤んだよ。いったいおれが泣かなくなって何年くらい経つだろう。

§13§

村への最後の襲撃から三カ月後、ちょうど三カ月経った日に——ちゃんと数えているから確かだけど——誰がどうやって連れてきたのか不明だが、ブラジル人の息子が家に戻ってきた。夜七時にひとりでひょっこり現れ、彫像のごとく玄関に突っ立って、身じろぎもせず黙って母親のことを見つめていたよ。ヘラルディーナはわが子に駆け寄り、抱きしめ、涙を流したが、息子のほうは目を開けて眠っているように放心状態に陥って。その後も、そのままひとことも発してない。骨と皮ばかりになっちまって、一度も痩せていたことがないだけに一層やつれて見えた。子どもが一挙に年寄りになったみたいにね。毎晩眠って毎朝起きるが、終日《ひねもす》椅子に座ってひたすら食べつづけ、びくびく怯えてしくしく泣くばかり。自分の殻に閉じこもって口を固く閉ざし、誰の声にも、悲しみに沈んだ母親の声にさえ何ら反応することもなく、聞くとはなしに話を聞き、見るとはなしに見ている。少年のシャツのポケットから、犯人グループからの伝言メモが出てきてね。

自分たちはどの組織に属しているか、ヘラルディーナが誰と交渉すべきか、夫の身代金がいくらかが明記されていたよ——ただし、グラシエリータについては何ひとつ触れられてはいなかったが。

それ以来、ヘラルディーナは恐怖に身をすくませて生活していくことになる。メモの内容は一切他人には漏らさぬように、さもなくば即座に夫を処刑すると記されていたからだ。追い詰められた彼女は、身の振りようを決めかねて、自分の悲劇をオルテンシア・ガリンドとおれに打ち明けざるをえなかった。そのとき、たまたま居合わせたのがおれたちふたりだったから。とはいえ、どう支えるか、どう解決するか、どうすればいいか、皆目見当もつかないよ。だって、三人ともまったく同じ境遇に置かれていたからだ。オティリアの情報が何ひとつ得られぬという点では、おれが一番不利だったがね——おれのいないおれのオティリア、互いに相手を失ったおれたちふたり——。ブガ在住のヘラルディーナの兄弟が〝力になるために〟やってくることになったから、夫の件についてそれまで待つことにした彼女の心配は、突然魂の抜け殻となってしまったわが子へと全面的に注がれた。悪夢から目覚めさせようとして無駄な努力を続けてさ。四六時中そばを離れず行動を逐一注視して、頻繁に話しかけても、うんともすんとも反応がない。途方に暮れて歌や遊びを持ち出しても、何の効果も得られない。結局、息子は甕《かめ》のなかに入ったミイラも同然という現実を突きつけられるだけだった。専門家に診てもらうため、ボゴタ行きも考えたが、夫が誘拐されているこの状態で、村を離れるわけにはいかなかった。巡回医療に出ていたおかげで運よく命拾いして、病院関係者の数少ない生き残りとなった若い女医に相談したら――彼女の気分を落ち着かせるためにだろうが――こんなことを言われたそうだ。息子さんのトランス状態はかなりデリケートなものだから、時間をかけて静かで平穏な状態を保つしか快方への道はないのだと。確かに、少年と同じく不安にあふれたサン・ホセ村も、一見静かで平穏な状態を保ってはいるが、快方に向かっているとはどう考えても思えない。早朝から住民は家に閉じこもり、わずかな店が仕方なく開けても、午前からせいぜい午後の早い時間までで店じまい。その後はどこも固く扉を閉ざして、村じゅう暑さに喘いでいる。それがサン・ホセの現状だ。最後まで残った住人であるおれたちと同様に、今やほとんど死んだ村と化している。表で見られるのは、石畳を嗅ぎまわる犬や豚、樹林の梢越しに羽ばたくヒメコンドル、どこまでも無関心な小鳥たち。彼らは唯一村の生殺し状態に気づくことのないものたちだ。襲撃後もけっして悪い知らせが絶えるわけじゃなく、日に日に死者の数は増していくばかり。廃墟となった学校や病院の瓦礫の下から次々遺体が発見された。門番のファニーは手榴弾の破片が首を貫通していたし、クリスティーナの母親のスルタナ・ガルシアは――「死んでもほうきを離さなかった」と人々は苦々しい思いで評していたが――崩れたレンガの下から、全身銃弾の穴だらけで見つかった。おれはふたりが死ぬ数時間前に、元気な彼女たちと会っていた。そう思った瞬間に、呆然としてしまったよ。彼女らのようにオティリアの遺体が発見されたら、おれはいったいどうなるか？　いずれはおれも死体で発見されるにちがいない。ひとりきりか、誰かと一緒かはともかく、オティリアのあとを追って死ぬからだ。狂った末に、呆けたようにだらしなく口を開け、暗がりで人影を脅かすように両腕を大きく広げ、目ん玉が飛び出るほどにかっと見開き、あの崖っぷちに立ちつくす。後ろからポンとひと押しされれば、考えるまもなくこの世とおさらばだ。まさにその瞬間に。さあ、今だ、やってくれ。

また村の周辺で地雷が爆発した。もしくは「わざと鳴らしているんじゃないか」と疑念を抱く人々もいる。幸い犠牲者はおらず、これまでに地雷探知犬が一匹（手厚く葬られたそうだ）と野良犬一匹、豚が二頭にラバ一頭、軍用トラック一台が被害に遭ったが負傷者はゼロだった。いったい全体どうなっているんだか。何だか村が目に見えない軍隊にでも包囲されていて、それゆえ事なきを得ているような妙な気がしてならないよ。とはいえ、故ヘンティル・オルドゥスの後任医師が着任する様子はないし、マウリシオ・レイのような聡明な酔っ払いが新たに通りをうろつく気配もない。レスメス校長と村長がボゴタへ出向き、サン・ホセ周辺の塹壕の撤去を求めたが、すげなく却下。中央政府にしてみりゃ、戦闘と飢餓状態はかえって都合がいいらしい。ここ数年ほどのあいだに、サン・ホセ村の周辺何百ヘクタールもの土地にコカが植えられたのを、新聞で専門家たちは〝戦略地域〟と称していたが、紛争の当事者らにとってここは〝回廊地帯〟、死守すべき要衝だったんだ。それぞれの集団の勢力争いがここで顕在化してくれるのを望んでいるのだと。そんな噂が巷でこっそり、口論や悪態、自嘲や嘆き、沈黙や祈りとともに語られている。おれ自身は違和感を覚えつつも、否定する気にはなれない。同じような話はオルドゥス医師やマウリシオ・レイからある程度聞いていたし、アルボルノス神父も――彼なりに――命を賭ける決心をしたからだ。別れの挨拶もないまま〝聖具室係〟とサン・ホセを脱出してね。彼の代わりにマニサレスからサニン神父がやってきた。叙階されたばかりの新米神父は、知らない土地に来たからではなく恐怖に怯えきっていたよ。

チェペも死に神の烈風から免れることはできなかった。妊娠中のかみさんを殺されはしなかったが、誘拐されてしまったんだ。定期検診のために病院を訪れていたところでちょうど襲撃が始まって。後日、店のドアの下に一枚の紙が入れられた。「あんたはおれらに借りがある。身重の嫁はそのかただ。身代金はカルメンサに五千万ペソ、生まれてくる子どもに五千万ペソ。今度おれらを欺いたら絶対承知しねえからな」。この二重誘拐事件が新聞を賑わすのにさほどの時間はかからなかった。〝生まれる前に誘拐されたアンヘリカ〟との大見出しで大々的に報道されてね。娘につける予定の名前は苦悩するチェペ本人が明かしたものだ。村にやってきた女性記者に訊かれて、ばか正直にしゃべっちまったんだろう。その女性記者っていうのは、サン・ホセ村襲撃事件を追っている若い赤毛の女でさ。新聞にレポートするだけでなく、テレビのニュース番組まで担当し、被害者のインタビューを生中継で伝えている。二名の将校とカメラマンひとりを従えて、軍のヘリで降り立って。しかも重傷を負った兵士の搬送と戦死者を故郷に運ぶためのヘリに便乗してきたんだぞ。そんな特別許可が下りたのも、パラシオス将軍の姪だからだ。とにかくそいつが数日前から村をぶらぶらうろついていてさ。今月に入って一段と激しくなった灼熱の太陽の下、白い麦わら帽で赤毛を覆い、黒いサングラスで目元を隠してね。今朝も早うから通り過ぎるのを見かけたが、思案顔しておれの前で立ち止まってさ。問いかけるように若いカメラマンを見やると、相手は不満そうに顔をしかめた。さしずめ自宅を背景に佇む老人がいい被写体になるとでも踏んだんだろうが、結局ノーと判断したのか、さっさと行ってしまった。おれも彼女だとすぐ気づいたよ。前にチェペの店のテレビで見たことのある顔だったから。ただし、焼きつくすような日差しにさらされたこの村は、どうやらお気に召さない様子だったな。破壊された通りや家屋のあいだをのろのろめぐる足取り、噴き出す汗で――背中と胸の谷間に――へばりついた緑のTシャツ、苦々しくゆがめた口元に、自分は地獄を歩いているのだという思いがありありと出ていてね。実際、彼女が「ほんとにありがたいことよね、ハイリート。明日でここともさよならできるなんて」と、しみじみカメラマンに言っているのを、この耳でしかと聞いたから。

家を出たのは明け方のこと。それからずっと玄関先に腰かけている。いつもそうやってオティリアのやつが、おれの帰りを待ってくれていたからだ。なおもしつこく太陽を覆い隠す朝もやに、おれも含めて村に残った者たちの姿を重ね合わせたよ。どうして皆、意固地になって大惨事を無視しようとするんだろう。続いてチェペと身重のかみさんのことがにわかに思い出されてね。それにしても、誘拐したやつらはどうやって彼女を連れていったんだ？　どうすればサルダリアガ並みに太っている者に、何キロも山道を歩かせることができるんだろう？　そう思ったら自然と足が店に向かってしまったよ。とにかくチェペのところへ行ってやらなくちゃならん。それに、ここにひとりで座ってオティリアの不在を嚙みしめるよりは、誰かのそばで話し声を聞いているほうが、ちょっとは気分がましだろう。

店に着いたのは午前八時。通路の脇のテーブルではチェペを囲んで、数人が押し黙ってコーヒーをすすっていてさ。別のテーブルに散らばった者たちは、ビールを飲んでタバコをふかしている。店内に音楽はかかっていない。気づいたチェペが頭をぺこっと下げて、無言で挨拶してきてね。おれは彼の正面の席、脚ががたつく不安定な椅子に腰をかけた。

「つまり、結局うちのは殺されるってことでしょう」と、いきなりチェペが絡んでくる。おれをじっと見つめる目が据わっているが、酒に酔っているんだろうか？　紙切れを寄こしてきたから、おれはそれを押し止めて、読まなくてもわかっていると、そぶりで示したよ。「だって、どこにこんな大金が？」それでもチェペはおれに食ってかかる。「ちくしょう、先生、いったいどこに」

彼に何を言ってやれるというんだ？　返す言葉もなくおれたちは皆、黙るしかなかった。ヒナギクを髪に差していた給仕の娘がコーヒーカップを運んでくる。もうヒナギクは飾ってないし、表情も暗く翳《かげ》ってさ。じっと見守るおれに腹を立てたのか、不快な顔で立ち去った。以前のようにおれらの話に耳を傾けることもないし、聞きたくなんかないっていうのが本音だろうが。テーブルの足元に焼酎の空瓶が並んでいるのに気づいたよ。

「いったいどこに?」と、チェペは皆に向かって問いかける。

おれたちにはチェペが笑い出したのか泣き出したのかわからなかったが、口元を引きつらせ、頭を震わせている。

「そのまんまやつらに説明してやれよ、チェペ」と皆は言う。

「交渉しろよ、交渉を。誰もがやってることだろう」

いつのまにかチェペの後ろに近所の連中が集まっていた。なかには冗談でも聞いたかのように黙って薄笑いを浮かべている顔もある。たとえ弾丸が炸裂して血しぶきが飛び散ったとしても、誰かが行方不明になろうが、生死に関わる状態だろうが、笑うやつが必ずいて周囲もつられて笑い出す。ただ今回は皮肉半分、同情の色が強いだけ。チェペの涙ですら見ようによっては笑いに映らなくもない。

涙を飲み込むようにして、気を取り直したチェペが言った。

「ところで先生、奥さんのほうはその後、何か?」

「いや、何もない」

「やつらが身代金要求を怠ることはないからな」と誰かが言った。「今頃、お宅の財産を見積もってるにちがいない」

別のやつも言ってきた。

「郵便局に寄ったほうがいいよ、先生。手紙が二通、届いてるってさ」

「本当か？　まだ郵便が機能しているってことか？」

「大げさだな、先生。別に世界が破滅したわけじゃないんだからさ」と、笑っていた者のひとりがおれに言ってきた。

「おまえに何がわかるっていうんだ？」とおれはそいつに言い返した。「おまえにとっては違っていても、おれにとっては破滅したんだよ」

コーヒーを飲み干し、チェペの店を出るや、脇目もふらずに郵便局に直行した。二通の手紙というのはきっと娘からにちがいない。教会が襲撃されたときにも、同居をうながす便りを散々寄こしてきたからな。当然娘も夫も大歓迎だし、ふたりのことを心配している孫の気持ちも考えてやってと。それに対して、オティリアもおれも迷うことなく答えたよ。この村を離れるつもりはこれっぽっちもないから、と。

§14§

二通の手紙は予想どおりどちらも娘からだった。郵便局で開封せずに家路を急いだよ。あたかもオティリアがそれらの手紙をうちで待ちわびているかのように。家の前の歩道沿いでは、どういうわけだか、大勢の子らが輪になって地べたにしゃがんでいてね。通してもらおうと声をかけたが、聞く耳持たずで頭を寄せ合い、こぞって何かを見つめている。頭越しに上からのぞいてみたおれは、子どもたちが細い褐色の指で示している先にあるものを認めて、心のなかで叫んだよ。〝手榴弾じゃないかよ！　まだここにあったのか！〟。

「どれどれ、ちょっと見せてごらん」と声をかける。

咄嗟に一番年長の坊主が手榴弾をつかんで飛びのいて、ほかの子らもそれにならった。どうやら驚かせてしまったらしい。娘の手紙をポケットにしまいながら〝冗談じゃない〟と思ったよ。〝おまえの手紙を読まずに爆死するなんて。そんなことになってたまるか、マリア〟。手を差し出すおれに手榴弾を渡す気はないらしく、「あんたのじゃないくせに」と坊主は減らず口を叩いてさ。どう反応するかを期待して、子どもらの視線が一斉にこっちに向けられる。走って逃げれば追いつかれないって、ちゃんと計算の上だろう。「おまえのものでもなかろう」とすかさず切り返して「こっちへ寄こせ。爆発するぞ。殉死したあの犬みたいに吹き飛ばされたいか？」と諭す。軍隊ラッパが鳴り響くなか、厳かにおこなわれた犬の埋葬に、どうかこの子が居合わせていましたように、と心の底から願いつつ。どうやら願いが通じたらしく、おれの主張を聞き入れて坊主はすぐさま手榴弾を手渡してきたよ。村を挙げての一大葬儀もまんざら無駄ではなかったわけだ。ほかの子らも二、三歩下がったものの、相変わらずおれを囲んだままでね。「さあ、行った、行った」とおれはうながした。「おれをひとりにしておくれ」って。ところが、やつらはいなくならずに——一定の距離を置いて——しつこくあとをついてくる。おまけに自分がどこへ向かったらいいのか、こちらも皆目わからない。手榴弾片手に子どもらを引き連れたまま、当てもなく通りを進んだよ。「帰れ！」と必死に訴えた。「ついてくるな！　一緒に吹き飛ばされたいか？」と。だけど、どれほど口酸っぱく言っても一向に効き目がなくてさ。それどころか、あちこちの家から好奇心をそそられた子らが出てきて。話を聞きつけ、あとに続く人数はどんどん膨れあがっていくばかり。どこからこんなに子どもが湧き出てきたんだ？　村を出ていったんじゃなかったのか？　ようやく大人たちが気づいたようで、怯えた男の声がした。「何してるんだよ、先生！　早く遠くに投げ捨てなくちゃ」。呼応するように女の声が子どもらを追い払う。「あんたたち、早く家に入りなさい!」。しかし、当の本人たちはまったくどこ吹く風。異様なほどに落ち着き払っておれのあとをついてくる。老人が目の前で吹っ飛ぶのを期待しているんだろう。自分たちは絶対安全と信じきってて。さらに多くの家のドアが開き、今や半狂乱になった女は金切り声を上げている。おれはまっすぐ崖へと向かい、廃屋と化したギター工房、マウリシオ・レイの自宅をほとんど駆け足で通り過ぎ、断崖の縁で立ち止まった。ふと気がつくと、子どもらがやけに接近しているじゃないか。下半身丸出しの一番ちびすけの子なんか、おれの袖にしがみついていやがる。「離れろよ」と叱りつけてやった。滝のように額から汗が流れて目を閉じざるをえない。この調子じゃあ手榴弾を放るときには投げる力も残ってなくて、手のなかで爆発してしまい、子どももろとも吹き飛ばされるんじゃないか。そうなりゃ早晩、村の笑い者だな。〝パソス先生は玉砕する際、大勢の子どもを道連れにした〟と。手榴弾のごつごつした手触りを感じながら、いやな思いが頭をよぎる。爆発したら火の牙を剝いた獣のごとくひと息でおれを飲み込むんだろうな。犠牲者がおれひとりなら大した悲しみにはならないし、おれにとってもこれでおまえを待つ必要がなくなるってもんだ。だから言ったろ、オティリア、先に死ぬのはおれだって。まだ後ろに居残っている子どもたちに、無駄だと知りつつ最後の警告を発した。身ぶりで脅して追い払おうとしたら、かえって寄ってこられちゃったがね。遠くにわが子を呼び求める親たちの声を聞きながら、おれは獣をつかんだ手を振り上げ、崖下めがけて放ったんだ。はるか下方で爆音がして、こまかい火花が散ったあと、木々のあいだから轟音とともに、何色もの光が空へと立ち昇ってさ。

子どものほうを振り返ると、どの子もうれしそうな顔をして、花火でもながめるように夢中になって見ていたよ。

家へと戻る途中で子どもを迎えにやってきた母親たちとすれ違った。だいぶ遅れて事態を知った様子で、誰もが上気した顔をして。わが子をまっさきに抱きしめる者もいれば、会うなり叱りつける者、いきなりベルトでひっぱたいてお仕置きを始める者もいる。別に子どものせいではないのにな。すると、おれに向かってあれこれ尋ねてくる声がして、今度は大人たちがあとをぞろぞろついてきた。「先生、どこに手榴弾が?」、「うちの前の通りでね」。そんな会話を交わしながら、おれはひとり、自責の念に駆られていたよ。何カ月も手榴弾の存在をすっかり忘れていたとは、何て恥ずべきことなんだ。きっと周囲の雑草が伸びて——と自分を正当化する——灰色の花にしか見えなかったんだろう。自宅までついてきた大人たちはそのまま、わが家のようにうちに上がり込んできた。ちょっと、何を祝うつもりだ？　いったい誰を負かしたっていうんだよ？　まあ、いい。思いがけないどんちゃん騒ぎなど、長いことご無沙汰していたからな。それに、もし今ここでオティリアが台所から現れたら？　当然、皆祝ってくれるだろう。誰かがおれの名を叫ぶ声がして、どうやら村じゅうに触れまわっているらしい。おれはひとりきりでゆっくり娘の手紙を読みたいのに、どうにもそれは無理のようだ。チェぺと店で飲んでいた連中がやってきて、ひとりが蒸留酒の入ったコップをおれに手渡してさ。そいつを一気に飲み干したら拍手喝采を浴びたよ。自分の手が震えているのに気づく。怖かったとでも言うのかよ？　そりゃあ、怖かったにちがいない。小便を漏らしているなんて――怖気づいたからじゃない。老いだ、老いのせいだと繰り返す――着替えようと自室に閉じこもる。何も恥じる必要などない。物覚えが悪くなったことだって誰のせいでもないんだから、老いた者が悪いわけじゃない、と自分自身に言い聞かせた。ズボンを履き替え、ベッドに腰かけ、手にした封書に視線を落とす。見慣れた娘の文字が目に飛び込んできたが、ひとりで落ち着いて読みたかった。となると、何とか集まった仲間たちに帰ってもらわないといけないな。「どうしたんだよ、先生？」ドアの向こうで誰かが叫ぶ。「さっさと出てきなよ」と笑う声が加わる。仕方がないので出ていってやると、とたんに拍手が沸き起こる。「先生、何か音楽をかけないか？」と言い出す者までいる始末。

手榴弾を見つけた子どもらが庭をうろうろしていてさ。さしずめお祝いがもっと長引くように、さらなる手榴弾を探しているってとこだろう。そうしながらも、真っ二つに裂けたり黒焦げになったりしているオレンジの木、かつては金魚が泳いでいた池の残骸、無残にもしおれて散った花々――すっかり水をやるのを忘れていた。オティリアが戻ったら悲しむだろうな――に目を奪われている様子だった。近所の主婦たちが何人かまとまって台所に入っていき、石炭ストーブをつけると全員分のコーヒーを用意しはじめた。「きちんと食事はとってる、先生？　神さまは哀れんでくれてるわ。オティリアはきっと戻ってくる。だから信じて待っていて。わたしたちもそうなるように毎日祈っているから」。塀の上から〝生き残りたち〟二匹が、びくびくしながら人の群れをながめていてさ。ぽっかり空いた穴の向こうに、押し黙った息子と一緒にいる黒衣のへラルディーナが見えてね。おしゃべり好きな女が手榴弾の一件を伝えに行ったよ。再び杯を差し出されてまたもや一気に飲み干したけど、チェペだけにはこっそり心の叫びを打ち明けた。「本当はひとりで爆死できたらどんなにいいかと思った」と言うと、彼は目を真っ赤にしてうなずいた。「わかるよ、先生。その気持ち」。女たちの集団のなかからアナ・クエンコとロシータ・ビテルボが現れて、人から離れたところへ連れていくと、こんなことを言ってきた。「先生、わたしたちの家族と一緒に、この村を出ていかない？」。いったいどこへ行く気だよ？　と訊くと、「ボゴタに」と返事してきたよ。どういうことだか意味がわからんと言うと、説明を始めた。「先生、準備は整っているから、お願いだから一緒に来て。今日出発する予定なのよ。ボゴタでだってオティリアを待てるでしょう。あっちにいたほうが情報も入りやすいし。もちろん、娘さんのところだって構わないけど、なるべく早くこの村を出たほうがいいわ」。そう勧めるふたりにおれは答えてやった。「おれは出てなんかいかないぞ。そんな気はさらさらないからな」と。その後、遠回しな言い方をした末に、うちにある木彫りの聖アントニウス像を買っていきたいと持ちかけてきてさ。「何と言っても奇跡の守護聖人だし、オティリアの思い出の品として大切にするわ。ここで先生が保管するよりも、ずっとましだと思うのよ」。「奇跡だって？　そんなもん、ここじゃあ忘れ去られて久しいじゃないか」。結局、木彫りの聖アントニウス像はあげることにして、

「いつでも持っていってくれ」とふたりに言ってやった。ずる賢い彼女たちは、やり方をよく心得ていてさ。そうと決まればこっちのものと、いそいそと聖像を棚から下ろし、赤ん坊のように大事に抱えてそそくさと退散していった。オティリアに相談せずにあげてしまってよかったかと急に心配になってきてさ。呼び止めようとしたときには跡形もなく消え去っていた。するとそのとき、集まっていた者たちが誰かに道を空けてやり、主役はこいつだと知らせるように、おれの後ろへ下がったんだ。

登場したのはあの若い女性記者で、カメラマンと将校二名を従えていた。「わたくしにもお祝いの言葉を述べさせてください」と言うと、ひどく柔らかい手で握手してきてさ。そのままおれの頬に挨拶のキスをしたよ。テレビの画面に現れるときと同じ笑顔でね。テレビカメラを用意したカメラマンは、一瞬前かがみになってボタンを押した。「先生、ふたつだけ質問させてください」と女は話しかけてくる。シャワーを浴びた直後みたいに石鹼のにおいをぷんぷんさせて。女が漂わせる石鹼の香りに、どうして今はこんなにいら立つんだろう？　生乾きの赤毛に、片手に持った白い帽子。いわゆる美人なんだが、どうにも現実離れして見えて、女もカメラマンも別世界の人間に思えて仕方ない。こいつら、いったいどこの世界から来たんだよ？　笑顔が奇妙なほど無関心に見えるのは、サングラスのせいだろうか？　さっさと仕事を済ませたい様子がしぐさにありありと出ていたよ。また何か話しかけられたが、こっちに聞く気がないからか、耳にまったく入ってこない。それでも、自分をなだめすかして何とか聞こうと努める。彼女は単に自分の仕事を果たしたいだけじゃないか。うちの娘だと思って聞いてやれよと。だけど、こいつはおれの娘じゃない。話す気もさらさらないし、それどころかひとことも言葉が出てきやしない。おれは一歩後退すると、指で口を二度三度示し、しゃべれないってことを相手に伝えてやったんだ。女は口をあんぐりと開けたまま、信じられないといった顔でおれを見つめてさ。笑い出すかと思いきや、そんなことはなかったよ。むしろ憤慨していたみたいで、「何て失礼な人なの」とのたまった。

「今日は先生、口がきけない日なんだよ！」と誰かが叫び、周囲は爆笑の渦に包まれる。おれは部屋に引っ込んで木製の扉に額を当てて、徐々に人々が去っていく様子をしばらく内側からうかがった。やがて〝生き残りたち〟の鳴き声が近くで聞こえ、ようやく部屋を出てみたら、家のなかには誰もいないようだが、玄関扉は開いたままだ。いったい今何時だろう？　信じられん、日が暮れているじゃないか。以前のように空腹が時を知らせてくれることすらなくなったらしい。食事のことまで思い出さなきゃならないってことなのか。電気もつかない状態だから、忘れてしまっても無理もないか。オティリアを待つべく玄関先の歩道に出ると、彼女の椅子に身を沈めて残照を頼りにマリアからの手紙に目を通す。二通ともほぼ同じ内容だが、遅過ぎた感は否めない。ポパヤンで自分たちと同居しよう、夫も賛成で強くそれを望んでいると。おまえが返事してくれよ、オティリア。最近、手紙を送ってやれなくなった訳も。今回はおれが代わりに書いてやるしかないが、何て書いたらいいだろう？　〝オティリアは病気で手紙を書ける状態じゃない、よろしく言っているから〟とでも書いておくか。悪い知らせになっちまうけど、回復の見込みがあるだけでも千倍はましだろう。〝母は行方知れず〟なんて書いたら、最悪の事実を伝えることになる。〝当面、移る気はない〟としておくか。〝今、何のために引っ越す必要がある？〟と。オティリアだったら、きっとこう答えるだろう。〈同居を勧めてくれて、とってもうれしく思っているし、あなたたちの厚意は重々承知しているわ。でも、考えてみてちょうだい。この家を離れるとなると、準備に時間がかかるのよ。ここへ残していくものを選ぶ時間に、そちらへ持っていくものを選ぶ時間、この村と永遠の別れをするための時間に、時機を見定める時間もね。わたしたち、ずっとここで暮らしてきたんだから、あと数週間延びてもいいでしょう？　もうちょっとここに残って、状況がよくなるのを待ちつづけてみたいの。それでも何も変わらなければ、そのときはそのときよ。ここを去るのも、ここで一生を終えるのも、いわば神さま次第だもの。神さまがどう望まれようと、神さまが計画されたとおり、何もかも一切合切、神さまの御手に委ねるわ〉。

§
15
§

「そんなとこに座ったまま寝るなよ、先生」

見覚えある顔に起こされたが、誰だかさっぱりわからない。中途半端に明かりをつけたランプを手に提げていて、黄色い光が互いの顔と群がる蚊を照らし出す。

「こいつらに生きながらにして食われちまうのが落ちさ」と相手。

「今何時だ？」

「もう遅いよ」と答えて、声を曇らせ、続けたよ。「この村にとっちゃ遅い時間だが、世界にとっちゃどうだかな」

「どっちにしても一緒だろ」

おれの返事を聞き流して男はランプをノブにかけ、壁にもたれてしゃがむと脱いだ帽子であおぎ出した。汗ばんだ丸刈り頭、額に刻まれた傷跡、小さな耳たぶ、水ぶくれができた喉元。知っているはずにちがいないんだが、どうにも思い出せないなんて。こんなことがあるもんなのか？薄闇のなかで片目の斜視も識別できた。

「なかに入ろう」とうながすおれ。「台所でコーヒーでも沸かして飲もう」

どうしてそんなことを口走ってしまったんだか。本当は世界じゅうを敵に回しても――行方不明の件は心配に及ばない。どうか干渉しないでくれ。おれは何も考えずに寝たいんだと主張して――ベッドに直行したかったのに。そのうえ、ランプの燃料のガソリン臭さか、声音か、ひねくれた物言いのせいか、誰だかわからぬ相手に、言いようのない不快感と嫌悪感を覚えてどうにも仕方がない。

台所に入っておれがろうそくに火を灯すなり、すかさず男はランプを消してね。「節約だ」と言ったが、ろうそくだってこの村では不足しているじゃないか。それから男は床に膝をついて〝生き残りたち〟二匹とたわむれはじめた。オティリア以外には触らせない猫たちが、不思議と彼にはなついてさ。鳴き声を上げながら、甘えるように腕や脚にまとわりついている。男は靴を履いていなくて両足が埃にまみれ、こびりついた泥が乾いてひび割れていたよ。暗がりのなかで自分の目を疑わなかったら、血まみれと勘違いしただろう。

「おれをコーヒーに誘ってくれたのは、あんたが初めてだ」と言うと、男はオティリアの席に座って続けた。「この村に来てから、もう何年にもなるけどな」

ストーブの石炭が燃え出し、湯が沸くのを待ちながら、〝生き残りたち〟に――コメ入りスープにコメを浸した――餌をやる。

「あんたが作ったのか、先生？」

「ああ、これで十分なんだ」

「十分だって？」

「飢え死にしない程度にはな」

「だけど、ふだんは奥さんが料理して、あんたは食うだけだったんだろ？」

確かにそうだと思いつつ、再び見知らぬ男を見やったよ。だめだ、どうしても思い出せない。肝心なときに限って、なぜこうも忘れてしまうんだか。一緒にストーブを囲みながら黙ってコーヒーをすする。幸い眠気が差してきたぞ。これで今夜は眠れそうだ。夢など見ないことを願いたい。夢は見たくない、それだけだ。あのまま外の椅子で眠っていたら、翌朝には背中が痛くてたまらなかっただろう。ベッドで寝ることにしよう。たとえ数時間でも一緒に寝ていると思って眠るよ、オティリア。むなしい期待かもしれんがな。

しかしながら、〝見知らぬ知人〟は一向に立ち去る気配がない。どちらも三口でコーヒーを飲み干したにもかかわらず、鍋にお代わりも残っていないにもかかわらず、おれの後悔の念にもかかわらず――と、もどかしく思っても――相変わらず男は座ったままだ。親切にし過ぎちまったかもしれんが、こいつのおかげで朝まで外で眠りこけずに済んだのは確かだからな。通りで目覚めたところを他人様《ひとさま》に見られるなんて、どう考えてもオティリアはいやがるにちがいない。「さて……」と話を切り出すおれ。「そろそろお開きにしないとな。眠くなっちまった。今夜こそ一気に眠れればいいけどな」

「先生、あれは本当か？」おれの言葉などそっちのけで男は訊いてきた。「マウリシオ・レイが殺されんように、酔っ払いのふりをしていたってのはさ」

「そんなことを言ったのは、どこのどいつだ？」オティリアがいなくなって以来、抑えがきかなくなった怒りを隠しきれずに、つっけんどんにおれは答える。「マウリシオは本当に飲んだくれていたよ。酒瓶の中身が水だったとは到底思えんね」

「そりゃあ確かにそうだろうけど」

「紛れもなくアルコールのにおいがしていたからな」

おれたちはまたもや押し黙った。こいつは何でそんなことをおれに訊いてくるんだよ？　いつからこの村じゃ酔っ払いが殺されなくなったっていうんだ？　最初に殺されるのは、大多数のしらふの連中じゃなく、孤立した酔っ払いに決まっているじゃないか。無防備だから殺す側もそのほうがずっと楽ちんだ――とマウリシオ・レイ自身がよく言っていた。ろうそくが尽きたが交換する気はなかった。闇のなかでため息が聞こえ、男はランプをつけて立ちあがった。埃っぽい黄色い光が台所にいくつもの影を作ってね。猫たちは出ていったあとで、オティリアもいなかった。どこにもないんだ、オティリアの姿は。

見知らぬ男が立ち去っていったあと、ようやく思い出したよ。あれは紛れもなくエンパナーダ売りの〝おーい〟じゃないか。ここに何しに来たんだよ？　そう本人に尋ねるべきだったたし、ともかく引きとめるべきだった。この時間帯にこの暗さでは、いくらランプを持っていても、標的と間違えられてもおかしくない状況だ。それでなくても不幸な男に、もう帰ってくれなんて、どうして言ってしまったんだろう？　誰からも相手にされないなんて、あいつに何の罪がある？　慌ててろうそくをつけると、玄関口へと向かったよ。後ろ姿を――たとえ遠くにでも――認めて、呼び止められることを期待して。けれども時すでに遅く、ランプの明かりは消え失せていた。

闇のなかから何やらうめき声のようなものが聞こえてくる。女の子のすすり泣きか？　やんだと思ったらまた始まったが、今度は猫の鳴き声みたいに間延びして。うちから近い、ヘラルディーナの家の、ときおり揺れてはきしんでいる門の辺りからだ。ろうそくの炎が消えないように片手で覆ってそっちへ向かう。とはいえ、わざわざ覆う必要もなかったよ。外には微風すら吹いてはおらず、暑さは一層ひどくなって、ろうそくがまたたくまに溶けていくありさまだ。声の主は少女で鉄柵にもたれて立っている。その子に正面からぐいぐい体を押しつけている影は、どうやら若い兵士らしい。「こんなところで何してるんだよ、じじい、見世物じゃねえぞ」。攻撃の手を緩めて兵士がため息混じりに吐き捨てた。ところがおれは、予想もしていなかった事態を前に――誰かが死にかけているのかと思っていたもんだから――ただただ呆気にとられて立ちつくすばかり。ろうそくの光が拡散して互いの姿がはっきり見えると、理性を失って一体化したふたりは、そこで動きを止めたんだ。明かりに照らし出された顔を見やると、何とスルタナの娘のクリステイーナじゃないか。兵士の腕に抱かれたまま、驚き混じりの笑みを浮かべている。「見世物じゃねえぞ」と若者は繰り返し、「失せやがれ」と脅したが、「いいじゃないの」と汗ばんだ顔のクリスティーナが口を挟んだ。おれをじろじろ見やりながら、「この人、のぞくのが好きなんだから」と。声の調子からどうやら酒か薬物をやっているらしい。「クリスティーナ」と呼びかけ、「来たいときはいつでもおいで。自分の家だと思ってさ。ベッドもひとつ空いているから」と言うと、こんな返事が戻ってきたよ。「わかったわ、今すぐ行くから。当然彼も一緒にね」。彼女と兵士が大笑いするなか、きびすを返して立ち去った。闇のなかにふたりを残して、遠ざかるあざけり声にげんなりして。ふらつきながら家に戻ると、寝室に入っていった――慈悲のかけらもないクリスティーナの言葉に打ちのめされる思いで。

ろうそくの明かりを頼りに靴を脱ぎ、足元を見やる。両足の爪が鉤《かぎ》の形に伸びている。両手の爪も猛禽類《もうきんるい》みたいだ。戦争だからな、とひとりごつ。これなら何らかのダメージを与えられるだろう。いや、違うぞ。戦争のせいじゃない。オティリアがいなくなってから爪を切っていないだけだ。おれたちは足の爪を互いに切り合っていたから。背中を丸めずに済むようにって。思い出せよ、腰を痛めないようにいつもそうしていたじゃないか。爪だけじゃない。ある朝、たった一度だけ何の気なしに鏡を見て、自分が自分だとわからなかった。ひげも剃らず、年をとっても一向に減らない髪も伸ばし放題だったからだ。道理で最後に顔を合わせたとき、ヘラルディーナが心配そうな顔をしていたわけだ。ヘラルディーナだけじゃない。ここ一、二カ月ほど、村の連中は男も女も例外なく、おれが近づくと会話を中断して、狂った老人でも見るように哀れみの目で見つめてきた。おまえだったら何て言うかな、オティリア？　どんなふうにおれを見るだろう？　おまえのことを考えるだけで胸が痛み、おまえの不在を認めるのがつらくてならない。特に、ベッドにひとり横たわったときに感じる孤独感。隣におまえの気配がなく、寝息も寝言も聞こえない侘しさ。だから寝る前に無理やり別のことを考えるんだけど、結局はおまえに話しかけていてさ、オティリア。どうやらおまえに語りかけて初めて、眠りが始まるらしくてね。おまえがいなくなってからのことを振り返ると、決まって深い眠りに落ちるんだけどさ、オティリア。心も体も休まるわけじゃないんだ。死んだ者たち、マウリシオ・レイとオルドゥス医師が夢に出てきたりしてね。たぶん〝おーい〟との会話を寝る間際に思い出したせいだろう。まるでそばで聞いているかのように、いつしか声を大にして「こんな世のなかはありかよ？」と目に見えないオティリアに問いかける。「マウリシオ・レイもオルドゥスも死んじまったのに、マルコス・サルダリアガが生きているなんて……」。

「生きている者は生きるに任せて」とオティリアならきっと答えるだろう。「死にゆく者は死ぬに任せて。あんたは首を突っ込まないことよ」。

実際、あいつの声が聞こえた気がした。

§ 16 §

マルコス・サルダリアガは事あるごとに、オルドゥス医師がゲリラ側の協力者だと言いふらしていた。だからパラミリターレスは何度も彼を連れ去ろうとしたのかもしれないな。口を割らせるためにか、医療奉仕をさせるために。患者が冗談でよくこんなことを言っていたよ。オルドゥスのメスさばきは超一流の殺人鬼並みだって。いずれにせよ厄災が降りかかって、たえず脅迫されていてさ。そのうえ表であるいは裏で、つねに誹謗中傷に煩わされていた。ひどいのになると、病院で手に入れた遺体に密輸用のコカインを埋め込んだとか、ゲリラのために武器調達を担う立役者で、救急車を自在に操り、武器弾薬を満載して運んだとか。もっとも当のオルドゥス自身は、その手の非難に動じることなく笑顔で抗弁していたが。パラシオス将軍をはじめ、階級の別なく軍関係者と親しくしていたけど、彼の医師としての資質を疑う者は誰もいなかったよ。そんな彼でも厄災からは逃れられなかったらしく、真実がどうであれ、戦禍に巻き込まれて命を失うことになったんだ。

　サルダリアガに端を発する同じような厄災は、マウリシオ・レイにも降りかかってね。何年も前のことだが、レイの最初のかみさんアデライダ・ロペスが村長選に出馬して以後、サルダリアガとレイとは政敵同士だったから。アデライダは清廉潔白で行動的な女性でさ。選挙キャンペーンのスローガン〝白昼のごとく潔白な新鋭〟と違わぬ、ある意味例外的な人物だった。だから、棍棒と弾丸で殺害されることになったのかもしれないな。火器を所持した四人組の男ども（うちひとりは棍棒を手にしていた）がレイの自宅にやってきて、女を出せと騒いだが、夫妻は要求を聞かなかった。すでに辺りが暗くなりはじめた頃に起こったできごとで、この村始まって以来――新聞各紙報道によると――最も悲惨な大事件に発展した。業を煮やした暴漢らは強引に家へ押し入って、アデライダをマウリシオとともに無理やり引きずり出したんだ。地べたにうつ伏せにされ、銃口を突きつけられたマウリシオの前で、かみさんの頭を棍棒で殴ってさ。駆けつけてきた十三歳になるひとり娘ともども銃弾を浴びせたんだ。娘のほうは即死で、重体のかみさんはマウリシオが病院に運んだが、オルドゥス医師の努力もむなしく――最後の最後まで蘇生を試みたんだが――まもなく死亡した。これまた愚かな話だが、医師とマウリシオの仲は、その日を境に険悪になってしまってね。それは絶望に駆られたマウリシオが酔った勢いで医師を責め、散々無能者呼ばわりして不当に非難したからだ。

　犯人グループのひとりが数週間後に逮捕され、この地方の右派自警団に所属していると自供した。犯罪の計画を練るため、ボスたちが三度会合を重ねたという。殺害の理由は、レイのかみさんの村長の座に対する野心が並みでなかったうえ、地元のパラミリターレスと手を結ぶことをきっぱり否定していたからだ。事件には元議員が一名、元村長が二名、現職の警部が一名関与していたことも明らかになった。供述中にマルコス・サルダリアガの名前は一度たりとも出なかったが、彼が一枚嚙んでいるのはもっぱら確実視されていた。それゆえ一家を襲った悲劇からレイが立ち直ることはついぞなく、酒をあおって酩酊しては、マルコスは妻の名誉を何度となく傷つけた、殺害の共犯だと嘆いていたよ。事件の数年後には再婚することになったが、それでも暗い記憶から彼が解放されることはなかった。妻と娘が殺されたとき、どうして彼だけ殺されなかったか。本人がその理由を語ることはなかったが、そのうち自分も消される運命だと公言していた。もっとも、住民の多くは陰で、どうせ同情を引こうと酔ったふりをしているんだろうと皮肉っていたが。

これらの件にはことごとくマルコス・サルダリアガが絡んでいた。彼がサン・ホセ村で不動の地位を確立したのは、ゲリラ、パラミリターレス、政府軍、麻薬密売組織と、いずれの側とも友好関係を築いていたからだと噂されている。そう考えれば彼の金の出どころ、際限なき資金源についても説明がつく。アルボルノス神父の人道活動に大盤振る舞いしてみせて、村長の慈善事業に気前よく――グロリア・ドラドに聞いた話じゃ、村長が懐に入れてしまったらしいが――寄付をして、パラシオス将軍の動物保護プログラムにも巨額の資金を提供し、駐屯地の兵士らの制服や物品を供給し、たびたび派手なパーティーを企画してやっていたからな。近年、地域の農民たちから有無を言わせず土地を買いあげて、言い値で承諾しなかった所有者は行方知れずとなっていた。そんな矢先にマルコス本人がさらわれてしまったが、誰の手に落ち、どの軍隊に誘拐されたのかも、いまだ判明していない（何しろ彼とともに連れ去られた故クラウディノ先生ですら、相手に尋ねることができずに、わからずじまいだったんだから）。確実に言えるのは、マルコス・サルダリアガという男が、山ほどの憎悪を残して姿を消したことだ。この村の誰ひとりとして――おそらくは愛人と正妻を除いて――彼に好感を抱く者はなく、サルダリアガ家の護衛や執事たちでさえも〝サポ（ヒキガエル）・ダリアガ〟と陰口を叩いているほどだ。それなのにこの四年間、サン・ホセ村の住人が、三月九日のたびにオルテンシア・ガリンドの家に集うのをやめなかったのは、彼女への同情とたらふく飲み食いできること、思いっきり踊れるためだった。

夢のなかでおれが屋根のない家に入っていくと、中庭でオルドゥス医師とマウリシオが差し向かいに座っていてさ。何やら話し合っているんだが、空からたっぷりと吹きつける強風のせいで内容までは聞こえない。それでも、おれに関することだとはわかる。しかも、今この瞬間にもおれの運命を決定づけられる事柄らしい。とはいえ、彼らはおれを別の人間と混同しているみたいだ。いったい誰と？　まもなく合点がいったよ。マルコス・サルダリアガだったんだ。それというのもおれの横に突如、姿見が生き物みたいに出現してさ。その鏡に映った自分を見たら、忌まわしいマルコス・サルダリアガの巨体に変わっているじゃないか。「誰がおれの体を入れ替えやがった?」とオルドゥスとマウリシオに尋ねたが、「こっちに寄るな、マルコス」と怒鳴られる。彼らの叫びは形あるもののように宙にぶつかり音を立てていたよ。「マルコスの野郎と混同するな」と何度おれが頼んでも、「こっちに来るな」の一点張りで軽蔑のまなざしを向けてくる。そこへ武装した見知らぬ顔の男たちが大勢乗り込んできてね。どうやらおれを連れ去るつもりらしいが、レイの助けも医師の助けも期待できそうもない。彼らに厄災が降りかかるよう仕向けた密告者だと見なされていると感じるからだ。それでもなお「おれはマルコスじゃない」と主張してみたが、ふたりの故人は――夢のなかでも彼らは死んだことになっていたが――まだおれをマルコスと混同したままだ。それとも、本当にこのおれはマルコス・サルダリアガで、すべての望みを絶たれて処刑されるのを待つだけの身なんだろうか? それが夢のなかで最後に感じた疑問だったが、何とも耐えがたい疑問でさ。おまけに、マウリシオと医師の罵声は次第に大きくなって、おれはがんじがらめにされてしまってね。身動きのとれなくなったおれを解放したのは、ヘラルディーナの声だった。

「先生、起きて。うなされていたわ」

すでに夜が明けていた。

「先生、そんなに苦しまないで」

それは実際、現実に起こったことだった。庭を通り抜け、家に上がって、ドアをくぐって、部屋に入って、すぐそこに、おれの目の前にヘラルディーナがいたんだよ、眠っているような息子を連れて。相変わらずの黒服姿だが、頭にかぶった空色のショールに変化が見られる。

「家のなかにはいないかと思ったわ、先生。庭から声をかけたけど返事がなかったもので。勝手に入ってしまってごめんなさい」

「悪い夢にうなされてな」

「声が聞こえたから、そうだと思ったわ。『おれはマルコス・サルダリアガじゃない』って叫んでいたけど」

「本当におれはサルダリアガじゃない、よな?」

そう訊くと怪訝そうにおれのことを見つめたよ。

シーツのあいだから抜け出てみたら、服を着たまま寝てしまったことに気がついた。ベッドの縁に腰かけ、靴を探そうとかがんだ瞬間、自分が老人だってことを否が応でも思い知らされた。ぎこちない動作と背中に走る激痛で体が硬直しちゃってさ。前のめりに倒れてしまわないように、彼女が靴を取ってくれた。両方の靴を片手でぶらさげ、おれは一瞬考える。自分で靴を履けるだろうか? そりゃできるさ。何てったってヘラルディーナが現れたんだから。ヘラルディーナが部屋にいて、おれを起こしてくれたんだから。

「毛布をかけているなんて」と驚いた顔で尋ねてきた。「しかもこんなに何枚も重ねて。夜でもひどく蒸し暑いのに、何ともないの？」

「年取ると体が冷えやすいもんでね」

そう答えながら意に反して、毛布をかけずに裸で眠る彼女の寝姿を想像した。

「一緒に朝食にしましょう、先生。どうして最近、家を訪ねてくれないの？　わたしたちに会うのがいやになってしまったの？」

どうしていやになるもんか、とおれは受け流したよ。なぜだか自分でもわからなかったし、考えたくもなかったからね。ヘラルディーナのあとについて歩きながら、漂ってくる彼女の香りを極力嗅がないように努めたが、目は彼女の後ろ姿を無意識に観察していたよ。驚いたのは、黒衣に包まれた彼女の全身が、両脚、サンダル、きらめく肢体の動きを駆使して、やるせない思いを発していたことだ。この世で負わされた宿命のベールの向こうで、生命が無慈悲な望みを訴えている。一刻でも早く何かに支配されたい。たとえそれが死であったとしても（おれとまったく同じか？）、一瞬でも憂き世を忘れさせてくれるならば、たとえそれが死であってもいい、と。

おれもまったく同感だ。

そのまま黙って先へと進み、水が抜かれてオレンジの皮や種、鳥の糞で汚れたプールの縁を回る。おれはしばし目を閉じた。ヘラルディーナの裸体を思い出したくなかったからだ。彼女と会いたくない大きな理由はきっとそこにあるんだろう。オティリアが失踪しているさなかに、世界で唯一の女性と見なしたヘラルディーナがいるだけで、おれの頭と心は大揺れに揺れてしまう。そういった現実を認めるのは痛々しくかつ疲れることで、何ひとつ希望をもたらすことではないからだ。彼女は亭主がまだ生きていると信じていながら、喪に服して陰鬱な影を落としているが、その声と沈黙にはつい心奪われてしまう。

朝日がいっぱいに射し込む明るい食堂で、まぶしく輝く磁器の皿を前に食卓についた。そこで初めてマルコス・サルダリアガの妻オルテンシアが、おれたちを待っていたことに気がついた。何度もため息をついては悲しげな声で話しかけてきて、まるで悪夢の続きじゃないか。朝食の誘いを受けたのを悔やんだが、今さらもう遅過ぎる。「気をつけなさいよ、先生」いきなり小言が飛んできた。「オティリアが戻ってきたとき、そんなだらしのない恰好を見せるわけにはいかないでしょ」。おれをしげしげと見つめて「だって彼女は神さまのご加護で帰ってくるはずだから。もしすでに死んでいるなら、発見されてなきゃおかしいもの。つまり彼女はまだ生きているってことよ、先生。皆承知しているわ」彼女は片腕を伸ばすと、丸みを帯びた小さな真っ白い手をおれの手に重ねた。「あのね、先生とあたしの仲だからはっきり言わせてもらうけど、あたしの二倍は太っていて歩くのもままならないうちの人が連れ去られたくらいなんだから」そこで悲しげな笑みを見せて「オティリアだったらなおさらでしょ？　あの人よりも若かった……失礼、若いわけだし、太ってもいないんだから。とにかく彼女の情報を待つのよ。遅かれ早かれ届くから。いったいいくら欲しいか連絡してくるにちがいないわ。だけど、彼女を待つあいだも、ちょっとは身のまわりに気を配りなさい、先生。床屋にでも行ったらどうなの？　信じる心を失わず、食事も睡眠もしっかりとらなきゃだめよ。あたしの忠告は間違ってないと思うけど」

食事のしたくが整った。朝食というよりはランチかディナーのような豪華さだ。虚ろな目をした息子がおれの隣に座っていてさ。まさに生きる屍《しかばね》といった様子で、子どもゆえにことさら不憫に思えてならなかった。

ヘラルディーナがテーブルを示す。

「ほら見て、先生。オルテンシアがロブスターを持ってきてくれたの」

「とはいってもお下がりなのよ、パラシオス将軍の昼食会にお呼ばれしたときの」言い訳がましくオルテンシアは応じ、ごくりと唾を飲み込んだ。「誕生祝いに百二十四もの生きたロブスターをもらったんですって。カナダからの直送よ。細心の注意を払ったと思うわ」

「揚げバナナもあるのよ、先生」ヘラルディーナが口を挟む。「これはわたしが作ったの。先生も知っているでしょう、よく熟れたバナナを使うの。皮が黒っぽくなったくらいが、甘さが十分でちょうどいい。スライスしたバナナにチーズを挟み込み、卵と牛乳で溶いた小麦粉にくぐらせ、油で揚げて……」

「ブラックコーヒーだけでいいから」とおれはヘラルディーナに告げた。

　彼女たちが何でそんな話をするのか、さっぱり理解できなくて。ちっとも食欲が湧かなかったよ。人間にもものごとにもほとほと疲れてしまってさ。その思いを隠すべく少年に関心があるふりをした。教師として長年子どもらに寄り添い、喜びと苦しみをともにしてきたおれは、子どもの扱いには慣れていると自負しているんじゃなかったか？　そこで目の前の少年に意識を集中した。庭を転げまわってはしゃいで、あれやこれやと想像しては、幸せそうだった過去の姿が彷彿される。それにしても、どうしてしゃべらないんだろう？　心が落ち着くに十分な期間はとっくに過ぎたと思うが、甘やかし過ぎなんじゃないのか？　いっそのこと一喝して目を覚ましてやったほうがよくないか？　パイナップル味のトゥロン〔訳註：炒ったアーモンドを糖蜜で固めた菓子〕を口に運ぶところだが、いつのまにやら以前にも増してぶくぶくに太っているじゃないか。おれはすかさずトゥロンを取りあげ、本人や母親の驚きをよそに、出し抜けに質してやったんだ。「グラシエリータはどこにいる？」。少年は呆気にとられておれのことを見つめてきた。よし、これでやっと他人の目をまともに見るようにはなったな。「さて」とおれは顔を少年の顔にひっつけるようにして続けた。「今度はおまえが話す番だ。グラシエリータはどうした？　彼女に何があったんだ？」。

　グラシエリータの名前だけで相当揺さぶりがかけられた。おれの目を見ているからには、言ったことは確実に伝わっている。ヘラルディーナは口に手を当て、叫びたいのを必死にこらえている。少年はなおも言葉を発しないが、視線はしっかりとおれに向けたままだ。「おまえの父ちゃんもだ」と構わず尋ねる。「父ちゃんはどうした？ 何があったんだ？」。少年の目に涙があふれて今にも泣き出さんばかりになる。彼にとってはここで思いきり泣いたほうがいいだろう。おれにとってもばかげた朝食から逃れる口実ができるってもんだ。すると少年は肥満体のオルテンシア・ガリンドに視線を移してね。ロブスターの山に手をかけたまま彼女は固まった。その後、母親を目で探して、ようやく彼女を認めると、そこで初めて言葉を発したんだ。まるで暗記したせりふを読みあげているような口ぶりで。

「〝パパはぼくに言った。ぼくとふたりでこの村から出ていけと、ママに伝えてくれって。荷物をまとめて一日も早く出ていけと、ママに伝えてくれって。パパはぼくに言った〟」

ふたりの女は揃って叫び声を上げた。

「出ていけと？」仰天したヘラルディーナが、テーブルの向こうからこっちへ来てさ。「出ていけと？」と繰り返すや、わが子に取りつき、その胸に顔を埋めて泣き崩れていたよ。けれども、まもなく気を取り直して、オルテンシアとおれを見やってね。彼女の瞳に希望の光が宿ったように見えた。それはきっと、村を出ていく根拠と許可が得られたからにちがいない。「ありがとうございます、ご主人。この子の口を開かせてくれて……」言葉に詰まると、息子にしがみついたまま再びむせび泣いていた。そんな彼女をそっちのけでオルテンシアはひとり黙々と食べはじめ、おれはコーヒーポットを見つけて自分でカップに注ぎ入れた。待ち焦がれていた瞬間がついに到来したんだ。

「おれのことを覚えているか？」

うなずく少年を前に、彼女に次いで、心のなかでくずおれたのはこのおれだった。

「オティリアを覚えているか？」

何を言われているのかわからない、とばかりにおれを再び見つめてくる。こっちは簡単に引き下がらないぞ。

「覚えているはずだ。いつかの午前中に、ココナッツ菓子をおまえにくれたおばさんだよ。おまえはもっと食べたいって、そのおばさんにねだっただろう？　そうしたら余分に四つくれたんだよ。ひとつは父ちゃん、もうひとつは母ちゃん、あとはグラシエリータとおまえにって。どうだ、これで思い出しただろう？」

「うん」

「オティリアの顔を覚えているか？」

「うん」

「じゃあ訊くが、父ちゃんが連れていかれたところに、オティリアもいたか？　グラシエリータやおまえやほかの行方不明者たちと一緒に、オティリアもいたか？」

「いない」と少年は答えた。「あのおばさんはいなかった」

沈黙が周囲を完全に支配した。テーブルを見やると、揚げバナナとライスが添えられたロブスターが目に映る。彼女たちに詫びるとおれは食堂をあとにした。クラウディノ先生の山小屋から下ったときと同じ吐き気を覚えてね。庭を通ってうちに戻り、寝室に入り、さっき抜け出したベッドにあおむけに横たわる。おれの隣で〝生き残りたち〟二匹が枕の上に丸まって鳴いてはいるが、今なら完全にひとりきりで死んでゆけそうな気がするよ。「そういえば、今日は何曜日だ?」と猫たちに問いかけた。「日にちを数えるのをうっかり忘れていたよ。気づかないうちに、いったいどれだけ過ぎただろう?」。〝生き残りたち〟が部屋を出ていき、かつてない孤独をひしひしと感じる。今度こそ完全にひとりぼっちになってしまったな。だってそうだろう、オティリア。おまえがいなくなって何日経ったか忘れてしまうなんてさ。

§ 17 §

月曜日だったか？　うちの娘がまたもや手紙を送ってきてね。ヘラルディーナがエウセビートと一緒に届けてくれたが、おれは開けてみもしない。だって、いったい何のために？「何が書かれているかは大方見当がつくから」とヘラルディーナに言い訳し、自嘲ぎみに笑いつつ肩をすくめてみせる。そう、にっこり笑って肩をすくめたんだよ。たとえ内容がわかっていても、たとえ義理で目を通すだけだとしても、娘からの九通めの手紙をどうして読もうとしないのか？　それは、娘がオティリアの安否を尋ねてきているからだ。いつかは返事をしなけりゃならんが、今日はいやだ。明日にしよう。だけど、果たして何と答えてやったらいいんだ？　おれは知らない、オティリアの安否をおれは何にも知らないのに。今、おれたち三人はうちの庭の瓦礫のなかに座っている。封筒がおれの手から滑り落ち、死んだもののように足元に横たわる。ヘラルディーナが拾って手渡してくれたが、そいつをおれは無造作にポケットに突っ込んだ。そのとき、不意にエウセビートがおれに面と向かい合い、まっすぐこっちの目を見つめてきた。この前テーブルでおれが彼にしたように。

「おじさんはこのあいだ、彼女のことを訊いたけど……」

「ああ、そうだ」と答えたものの、彼女っていったい誰だった？　すでに遠ざかった記憶のなかからようやくその名をたぐり寄せる。〝グラシエリータ〟だ。少年と少女は一緒に連れ去られたんだった。

何らかの思い出がよぎったのか、少年は急に顔色を失い、何だか事情がわからないながらも、ヘラルディーナとおれは身をすくませた。

「蝶が一匹飛んでいるのをふたりで見ていたら」と語りはじめた。「まわりを行ったり来たりしていたのに、急にいなくなったんだ。『口のなかに入ったかもしれない』ってあの子が言い出して、『きっと入っていると思うから、取ってよ』ってぼくに頼んだんだ」

口を大きく開いたグラシエリータはまるで別人みたいに見えたという。恐怖に顔をゆがめて、両手でこめかみを押さえて、不快感に目を剝き、口を大きく、さらに大きく開いてみせる。少年は黒い空のような暗い空間のなかを虹色の蝶が羽ばたいて、奥へ奥へと向かっていくのを見たような気がして、捕まえようと二本の指で彼女の舌の上を押さえたが、そこには何もいなかった。

「『何もいないよ』ってあの子に言ったら、『じゃあ、飲み込んじゃったんだ』って叫んで、泣き出しそうになったんだ」

彼女の湿った唇に蝶の羽からこぼれた鱗粉がくっついているのが見えた。すると、彼女の髪のなかから蝶が現れて、周囲をひらひら舞ったと思うと、木々の向こうの澄み渡った空に飛び去っていった。

「『ほら、蝶はあそこだよ』ってあの子に叫んだんだ。『羽が触れただけだったんだ』って」

蝶の姿を認めた彼女は、涙をこらえてほっとため息を漏らし、彼方へと去っていく蝶の様子を目で追っていた。そのとき初めて――囚われの身のさなかに――互いの顔を見やり、本当の意味で互いの存在を理解したのだという。互いにふざけるような顔をして、照れ隠しに笑い合った。かつて庭でしていたように、じゃれ合って転がり遊んでいたんだろうか？　誘拐した男らがやってくるまでのあいだ、頬と頬を寄せ、二度と離れたくないとばかりにくっつき合って。だが今、少年はひとり、グラシエリータの舌の感触が残っている自分の指をじっと見つめたままだ。

「それで、グラシエリータは？」そこでようやく気づいたように、もしくは、今の今までわが子のことしか頭になかったのを悟ったように、ヘラルディーナが息子に尋ねた。「どうして一緒に帰されなかったの？」

「そのはずだったんだ。ふたりとも同じ馬に乗せられていたんだから」

怯えと憤りに打ちひしがれ、少年の声が震える。

「誘拐したやつらのひとりがやってきて、グラシエリータのおじさんだって言い出して。あの子を連れていってしまったんだ。馬から降ろしてどこかへと」

「やれやれ、そんなことだったとはな」とおれはつい大声になる。「あとは軍服姿のグラシエリータが生まれ育った村に現れて、手当たり次第に銃弾を撃ちまくるだけじゃないか」こらえきれずに笑い転げたおれにヘラルディーナは憮然としたらしく、非難の目をして息子の手を引き、塀の穴から帰っていった。

それでもおれはその場に留まり、笑いつづけていたよ。笑いがどうにも止まらず、両手で頰を覆ってね。笑い過ぎて腹だけでなく、心もよじれて痛かった。

木曜日だったか？　フェルミン・ペラルタ村長はサン・ホセに戻れないという。「脅迫されている」というのが言い分だが、どのグループからなのかを尋ねる者はどこにもいない。だって〝脅迫されている〟事実だけで理由は十分じゃないか。何のためにそれ以上、知る必要があるだろう？　つい最近、村長と合流すべく家族が村を去っていった。現在、彼は比較的安全な村――といっても、地雷が埋められ、戦闘が常態化しているこの村と比べての話だが――テルエルから業務上の指示を出している。

レスメス校長は戻ってきたが、荷物をまとめて村の連中に別れを告げに来ただけだった。チェペの店で送別会が開かれ、常連客六、七人とともにおれも通りのテーブルを囲んだよ。そこには〝おーい〟の姿もあった。離れた席でビールを片手に耳をそばだてていただけだがね。どうもレスメスは、チェペのかみさんとおれの女房が行方不明になっている事実を忘れているみたいでさ。

「皆さん、ご存じでしょうか？」とうれしそうな顔で問いかける。「ボゴタでは、何と犬が誘拐されたといいますよ」

感心したふうに笑みを浮かべたのはひとりかふたりというとこだ。こいつは冗談でも言っているのか？

「わたくしはニュースで見ましたが、ご覧になりませんでしたかね？」。村は長らく電気のない生活を強いられ、テレビなどずっと見られないことも、この校長の頭にはまったくないらしい。だからおれたちは日中、チェペの店に集まっては、おしゃべりしたり黙ったりしながら所在なく過ごしているっていうのに。

「身代金は三百万ペソ」とひとり語りを続ける。「飼い主の女の子がテレビに出演しましてね。わたしが身代わりになりたいと泣きながら訴えていましたよ」

その頃には笑みを浮かべる者など誰もいなくなっていた。

「で、犬の名前は？」と珍しく〝おーい〟が興味を示して質問する。

「〝ダンディ〟さ」とチェペが答えてやる。

「で、どんな犬？」とすかさず〝おーい〟がたたみかけるように訊いてくる。

「血統書付きのコッカースパニエルさ。これ以上、何が知りたいっていうんだよ。色か？　においか？　ピンクの毛に黒のまだら模様の犬だってさ」

「で、どうなった？」と止めどなく〝おーい〟の問いは続く。本当に興味があるらしい。

周囲を見まわし、レスメスがあきらめ顔で締めくくる。

「死体で発見されましてね」

〝おーい〟は大きなため息をついた。

「実際」聞き手の不快感など意にも介さず、レスメスはひとりで納得する。「その事件の経過は継続して報道されました。継続する姿勢、それこそがこの国に欠けているものですよ」

校長の言葉のあとには長い沈黙が尾を引いた。レスメスは皆のためにさらにビールを注文し、運んできた給仕の娘はそれを無愛想に配ったよ。彼はこれからテルエルに戻る軍の車両に便乗し、そこからボゴタを目指すつもりだという。

「途中で爆破されないことを願うのみですがね」と述べる。そこで再び長い沈黙に陥り、おれたちは無言でビールを飲んだ。

そろそろ帰ろうかと思った矢先に、レスメスが演説の続きを始めた。

「この国では」と薄い口ひげをなめつつ語る。「大統領から大統領へ政策が引き継がれたとしても、誰もが例外なくそれを台なしにしてしまう」

彼に応じる者はないが、よっぽど話したくて仕方がないらしい。

「そのとおり」と自分で答えて、レスメスは続ける。「歴代大統領はティータイムにそれぞれのやり方でへまをしてきた。なぜかって？　わたくしにはわかりませんよ。第一わかる人などいますかね？　エゴイズムのなせる業か、愚かさゆえか？　いずれ歴史が明らかにして、彼らの肖像を取り除くことになるでしょう。何といってもティータイムは……」

「何がティーだよ、気取りやがって」いらいらしてチェペが口を挟む。「せめてコーヒーにしろよ」

「何といってもティータイムは」自分の言葉に酔いしれたレスメスは他人《ひと》の話など聞いちゃいない。「ティ、ー、タ、イ、ム、ゆえに思惟皆無ですからね」そこで一気にビールを飲み干し、聴衆の反応を待ったけど、皆押し黙っているもんだから、またもや自分で追加する。「サン・ホセはこのまま今後も見捨てられたままでしょう。わたくしが皆さんに唯一できるアドバイスは、この村を出てゆくこと。それもなるべく早くにです。死にたい方はもちろんその限りではありませんが」

囚われた先で出産したかもしれないチェペのかみさんのことなんか、校長の頭からはすっかり抜けているらしくてさ。配慮のかけらもない言葉にチェペの堪忍袋の緒が切れた。叫び声を上げるとビール瓶の並んだテーブルをひと蹴りしてね。

「まずはあんたがおれの店から出ていけ、この極悪人め！」と啖呵《たんか》を切って飛びかかっていった。他の連中がおれの目の前でふたりを懸命に引き離す。〝おーい〟だけがひとりで、いいぞ、いいぞ！　とばかりに微笑んでいたよ。

だが、レスメスの考えにも確かに一理あるだろう。死にたい者にとっては、ここほどいい墓場はないからな。

とはいえ、おれにとっては、どうでもいいこと。すでに死んだも同然だから。

土曜日だったか？　若い女医もまたサン・ホセを去っていく。女看護師たちもしかりだ。臨時の診療所前に患者が列を作ることはなくなった。そのうえ、燃料と食料の補給を担う赤十字のトラックまで来なくなった。ここから数キロ離れた場所――クラウディノ先生の山小屋を挟んで両側――で小競り合いが再び起こったからだ。十二名の死者が出た。十二人が死んだんだ。そのうちのひとりは子どもだった。どうせまた、すぐ戻ってきてドンパチやるつもりだろう。そんなことは皆わかりきっているさ。で、戻ってくるのはどの軍隊だ？　どれでも構いやしないよ。戻ってくることにはちがいないんだから。

数カ月間にわたって戦闘の抑止力となっていたサン・ホセ駐留の派遣部隊も、再び平和が訪れたとでも言わんばかりに、明らかに縮小されている。彼らがいようがいまいが今後も戦闘は勃発し、激化していくだろうことは目に見えているけどな。兵士の数が減ったのは一目瞭然だが、それが公式に伝えられた記憶はまったくない。当局からの声明は、すべてはわれわれの管理下にあるとのコメントだけだ。それだってニュースで――いまだに電気は止まっているから電池式の携帯ラジオで――聴いたり、数日遅れで届いた新聞で読んだりしたものだ。大統領いわく、ここでは何ごとも起こっていない、この村はおろか国内のどこにも戦争など存在しない。つまり彼の言い分によると、オティリアは行方不明になってなんかいやしないし、マウリシオ・レイもオルドゥス医師も、スルタナも門番のファニーも、他の多くの村人たちも老衰で死んだってことなんだ。そこでおれは笑いの発作に再び見舞われた。自分の唯一の望みが、二度と目覚めることなく永遠の眠りにつくことと、まさに悟ったそのときに、どうして笑いが戻ってきたのか？　きっと恐怖心からだろう。この国、この村を覆っている恐怖を完全に見て見ぬふりしたい、愚か者になりきって自分自身をも忘れたい。生きつづけていくために、というより生きつづけているように見せかけるために。本当のところ、かなり高い確率でおれは死んでいるんじゃないのかな？　そう、地獄のなかで十分死体になっているさと思い、またもや腹を抱えて笑ったよ。

水曜日だったか？　それぞれ別個に行動していた政府軍のパトロール隊同士が、村の近郊にゲリラが出没したという誤報が原因《もと》で、互いに撃ち合い四名の死者と多数の負傷者を出した。隣の山の住人ロドリーゴ・ピントがおれを訪ねてきて、怯えた顔で開口一番こんな話をしてくれた。彼の集落にベリオ大尉が部下を引き連れやってきて、一軒一軒くまなく回って大人ばかりか言葉もろくに話せない四歳以下の子らまで尋問し、今後わずかでも敵に協力している徴候が見られた場合には、しかるべき措置を取ると警告したという。「気狂い沙汰さ」とロドリーゴが言う。「気狂いそのものだよ」と応じるおれ。「ってことは、予想に反して任務を解かれなかったのか。

おれはこの目でやつが市民に発砲するのを見たのにな」

「狂っていたとしても、驚きはしないな」とロドリーゴ。「村から離れた山中で、ぼくらがいまだに生き延びているほうが驚異だからね」

ロドリーゴ・ピントはクラウディノ先生の埋葬を手伝ってくれた。首を刎ねられ、愛犬とともに死体となった姿を発見した一週間後のことだ。緑が茂ったあの山で、ヒメコンドルが頭上で円を描いているあの場所で、どんなにつらくても自分は山を去るつもりはないし、妻も同じ意見だと、彼はおれに言いきった。自分の暮らす山を指差し、「あそこで生きつづけるよ」と宣言して。村のはずれの崖っぷちで今、おれたちふたりは話をしている。彼が山に戻る近道がそこから伸びているからだ。自分に言い聞かせているつもりか、おれに無謀な決意を認めてもらいたいからか、山を去る気はないと彼はおれに繰り返す。「だけど別の山にしたほうがいいかもしれないな。もっと離れた、ずっと奥の、さらに遠くの山のほうが」。背負ったリュックから蒸留酒の入った瓶を取り出し、ひとくち飲んでおれに差し出す。日が暮れはじめていた。「先生、あの山が見えるかい?」と彼はおれに尋ねると、もっと離れた別の山の頂を指差した。他の山々に囲まれてそびえているが、かなり遠くの奥まったところに位置している。「あそこまで行くつもりなんだ。相当距離があるけど、だからこそいいんだよ。あの峰まで登ってしまえば、腐ったやつらに煩わされずに済むだろう。ぼくは切れ味のいいマチェテを持っているから。孕んだ雌豚一頭と、鶏のつがいだけを連れて移るよ。ノアの箱舟みたいにさ。女房も一緒に行くと言ってくれているし、あそこなら自生のキャッサバにも不足しないだろうし。どの山かわかるかい、先生？　見分けがついたかい？　肥沃な美しい山だ。あそこでぼくは生涯を全うするにちがいない。親父は昔、山を切り拓いてぼくらを養ってくれた。今度はぼくが別の山を切り拓く番なんだ。当面は隣の山に住んでいるから、先生。どこだか知っているよね？　一度来たことがあるだろう？　前と同じ山小屋で妻子とともに暮らしているから。このあいだもうひとり生まれて七人家族になったけど、キャッサバとカカオでどうにか食いつないでいるからさ。オティリアが戻ったら連れて逃げてきてくれよ。それから皆で引っ越そう。皆で一緒に」。ふたりでひと瓶飲みきると、ロドリーゴは空瓶を谷間に放り投げた。それでもなお、帰ろうとはせず、固い表情で彼方にそびえる山をじっと見据えている。白い帽子を絞るような彼の癖であるしぐさをみせて、頭をかいて口調を変えて、「夢を見るのはただだから」と、ぼそりとつぶやいた。間髪入れずに「目覚めるのもな」と返すと、お互いに噴き出した。すると、そこへひとりの兵士が現れた。兵士といってもまだ若く、子どもが軍服を着たような年端もいかない少年だ。たぶんおれたちが気づかなかっただけで、ずっと近くにいたんだろう。何やら不機嫌そうにこっちを見ていてさ。ライフル銃は地面に向けていたが、引き金に指をしっかりかけている。「何がおかしい？」と兵士はおれたちを問い詰めた。「なぜ笑う？　そんなにおれの顔が変だっていうのか？」。これにはおれとロドリーゴも開いた口が塞《ふさ》がらず、顔を見合わせ再び笑い出してしまったよ。どうにも止めようがなかったもんでね。「あのさ」と兵士に話しかけたおれは、相手の暗く鋭いまなざしにぞっとした。「いくらなんでも、笑いはご法度《はっと》だなんて言わないだろう?」。ロドリーゴと別れの固い握手を交わす。彼は白い帽子を深くかぶって、振り返ることなく近道を通って山へ帰っていった。この先、長い長い道のりが彼を待っている。おれも家に帰ることにしたが、兵士が黙ってついてくる。ロドリーゴの監視をおれに切り替えたんだろう。家から一ブロックほど手前で、別の兵士のグループに出くわした。いつだったか早起きしたときみたいに、また逮捕されるのか?
「構わん、そいつは放っておけ」とベリオ大尉の声がした。

火曜日だったか? また別の者たちが村を出ていったよ。今度はパラシオス将軍と彼の〝動物部隊〟だ。将軍所有の貴重な動物たちがヘリコプターで基地から退避するのをこの目で見てきたと、チェペの店で〝おーい〟が皆に語って聞かせた。着任以来、将軍さまのお姿を拝んだことはほとんどないが、動物園作りにご執心だったことは誰もが知っている。住民未踏の幻の動物園は、新聞の日曜版で数ページにわたる白黒写真で見ただけだ。記事によると、カモ六十羽、カメ七十四、カイマンワニ十四、サギ二十七羽、イシチドリ五羽、カピバラ十二頭、乳牛三十頭、馬百九十頭などが、サン・ホセ駐屯地の百ヘクタールの敷地内で、将軍と部下の保護監督のもとで暮らしていたとのことだ。当然ながら、軍の医療班もこれら二足・四足動物部隊の世話に駆り出され、毎朝、将軍さまは米国産の純血種の愛犬と動物たちを見てまわる。一番のお気に入りは一羽のコンゴウインコ。将校のひとりを専属の世話係に任命して、特別にかわいがっていたらしい。ところが、当のコンゴウインコは落ち着きのないやつで、駐屯地を囲む鉄柵にぶつかり感電死してしまったという。パラシオスは大佐の頃から動物に入れ込んで、おまけにこれまで五千本以上の木を植樹してきたと豪語しているらしい。「自分ひとりで植えたような口ぶりで」と〝おーい〟は言うと、こんなことまで教えてくれたよ。オルテンシア・ガリンドが双子の子どもを引き連れて、動物たちでいっぱいの輸送用ヘリに便乗し、村をあとにしたと。

§ 18 §

「おはよう、先生。さよならを言いに来たわ」

玄関に現れたグロリア・ドラドは布の帽子を頭にかぶり、両目を真っ赤に泣きはらしていてね。両手で抱えた木の鳥かごにはムクドリモドキが一羽入っていた。

「お別れにこの子を託していくわ、先生。わたしだと思ってどうかお世話してちょうだい」

手渡された鳥かごを無言で受け取る。置き土産にこんなものをもらったのは初めてのことだ。

小鳥くんよ、彼女が帰ったらすぐに放してやるからな。自分のことすら世話できないおれが、どうやっておまえまで世話できる？

「とにかく入りなよ、グロリア。コーヒーでも淹れるから」

「時間がないのよ、先生」

「あの家は？　誰が管理するんだ？」

「ルクレシアに頼んだわ。万が一戻ったときのために。もちろん彼女だっていつ出ていくかわからないけど。それでも彼女の役には立つでしょう。何しろ五人の子持ちだものね。わたしのほうはひとり身だし、たぶん一生子どもを持つことなどないわ」

「そんなに簡単に決めつけるもんじゃないよ、グロリア。あんたは若いし美人なんだから。まだまだ前途は有望だよ」

彼女は悲しげな笑みを浮かべた。

「ユーモアは残っているみたいね、先生。あのね、実をいうとわたし、ずっとあなた方ご夫婦が大好きだったのよ。オティリアは必ず戻ってくる。わたしが保証するわ」

「皆そう言ってくれるんだけどな」

悲痛な声になるのは避けられなかった。その件にはこれ以上触れてほしくなかったが、そんな気持ちを知るよしもなく、グロリアは続けた。

「夢のなかに先生とオティリアが出てきて、市場のなかを歩いていたわ。うれしくなったわたしは、おふたりに挨拶して、先生に何度も繰り返したのよ。『だから言ったでしょう、先生？　オティリアは無事に戻ってくるって』」

彼女の微笑におれも微笑み返したが、正直なところ、その夢には深く傷つけられていた。あとは別れを惜しんでふたりで泣くとするか？　それぐらいしか残っていない。

「そうなったらいいけどな」と答えて、片手に提げたかごを見る。すると、横木を行ったり来たりしていたムクドリモドキが、竹製の小さなブランコに留まってさえずり出してね。ひょっとして、おれが密かに逃がしてやるつもりでいるのに感づいて喜んでいるのか？「ところで、どうやって出ていくつもりだ？」と目を合わせずに問いかけた。「〝武装封鎖〟された街道じゃ、公共、自家用にかかわらず、車は皆、爆破されて乗客ごと吹っ飛ばされているっていうのに、安全な交通手段なんかないだろう」

「中尉をしている知り合いが、兄弟とわたしを兵士たちと一緒にトラックでエル・パロまで連れていってくれるのよ。そこから内陸部に向かう手段を探すわ」

「軍の車両だって例外なく爆破されるし、むしろ狙われやすいじゃないか。そんなの危険過ぎるよ、グロリア。兵士に変装もさせないで、その恰好であんたを同乗させるなんて。いったいその中尉とやらは何を考えていやがるんだ？」

「これは内緒の話なんだけど、戦闘機が上空からトラックを護衛して、進路の先払いをしてくれるというのよ」

「だといいけどな」

「ここに居つづけたら、もっと危険にさらされるわ」と目に涙をあふれさせ、グロリアがおれに打ち明けた。「マルコスが遺体で発見されたの。それをオルテンシアが知ったなら、わたしを許すはずがないし、わたしのせいにするだろうし、わたしが殺したと言い出して」

　そこで泣き出し、抱きついてきた彼女を、鳥かごを持ったまま抱擁する。

「ここから五百メートルほどの排水溝で見つかったの。遺体の確認に時間がかかってね。中尉さんの話では、少なくとも死後二年は経過して、誰にも知られず排水溝に野ざらしになっていたにちがいないって」

「グロリア。またひとり死なせてしまったな。生き延びた者たちの恥を知らしめるために」

「先生もそう思う？　誰も彼を助けようとしなかった。彼の解放に向けて指一本も動かさなかった。妻であるあの女だって、夫のために一銭たりとも出す気はなかった。わたしにはお金はないからどうにもできなかった。あるのはあの人がくれた小さな家だけ。でも、彼女はそうじゃない。なのに、あんなに貯め込んで何に使うというの？　そのうち彼女も誘拐されるに決まっているわ」

そんな彼女にとてもじゃないが、すでにオルテンシア・ガリンドがヘリコプターでサン・ホセ村を脱出したと告げる気にはなれなかった。

「まったくこの国は、豊かなくせに何て貧しいんだろう。とにかく達者でな、グロリア。人生を再び……ええと、何て言ったらいいか？」

「生まれ変わったつもりでやり直せと」笑みを見せる。「そうおっしゃりたいんでしょう？」そう言ってグロリアはおれから離れた。涙に濡れた熱き香りをたっぷりと残してね。「じゃあ、これで。兄弟が待っているから」と彼女は家をあとにして、おれは玄関を閉めた。

それから鳥かご片手に庭へと出たよ。不快感で胸がいっぱいになりながら。ちくしょう、美しい女はこの家に来るんじゃない、これ以上悲しむ姿を見せるんじゃない。石でできた洗濯台に鳥かごを載せて、竹製の小さな扉を開けてやる。

「飛んでいけ、ムクドリモドキ」小鳥に向かって叫んだ。「さっさと行っちまえ。でないと〝生き残りたち〟が来て、食われちまうぞ」

開いた扉を前にしても小鳥はじっとしたままだ。

「飛ぶ気はないって言うんじゃないだろうな？　いいか、ここには猫がいるんだぞ」

鳥は相変わらず不動のままだ。まさか風切羽を切られているのか？　片手でつかんでかごから外へ出してやる。それにしてもきれいなムクドリモドキだな。羽が鮮やかに輝いているし、別段切られた様子もない。

「空が怖いのか？　とにかく飛んでみろよ、ほら」そう言って空中に放り投げてやったら、驚いた様子でさ。慌てて麻痺した羽を広げてバタバタと上下させている。かろうじて落下を免れ、一度、二度と飛び跳ねて、ようやくはばたくと塀の上まで飛んでいった。そこでまたもやじっとした。何を探しているんだよ？　まるでおれとかごのほうを振り返って見ているようだ。

「きれいな鳥ね」と声がする。塀の穴から現れたのはヘラルディーナだ。毎度のごとく黒服姿だ。もう裸の姿など思い出せないよ。

「ムクドリモドキさ」と応じる。

そのままふたりは小鳥が飛び立って、空の彼方に消えてゆくのをしばらくながめていた。

再び瓦礫のなかに並んで腰かけた。真横にいる彼女はさっきからずっと空を見上げている。「あれは遠い昔のことだ」とおれは彼女に語りかける。裸で庭を歩きまわる彼女を、おれが塀からのぞいている。そのことを言っているのだと、彼女も承知しているだろう。彼女はかすかに笑うと、すぐに思案顔に戻る。彼女の瞳は雲だらけの空のなか。彼女の瞳は空なき雲のなか。彼女の膝をふと見やると、誰かの手が載っている。よく見るとおれの手じゃないか。いったい、いつのまに？　だけど彼女は拒むことなく、しなびた落ち葉か無害な虫でもついているように、気にもせずおれに話しつづけている。だんなの誘拐犯との交渉について語っているようだが。いったい、いつからさ？　それとも老いた男が触ってくるのは年寄りだから仕方がないと、取り立てても何とも思っていないのかな。いや、単にブガからやってきた兄の協力で進めている、身代金の支払いの件で頭がいっぱいだからさ。そうだろう、イスマエル。だからこの手が膝に載っていようと目に入らないんだよ。彼女は全財産を連中に差し出してしまったという。だけど、それは〝自分の解決すべき問題だ〟と。「先生、心配しないで、これはわたしの解決すべき問題だから」と。そこで彼女はじっと見つめてきた。おれの思考を読んだ、あるいは読んだ気がすると言いたげに。おれの手が膝に載っているのに気づいただろうか？　おれが膝のことばかり考えていると思っただろうか？　おれの手の感触が気に障っただろうか？

「違うわ、先生」とヘラルディーナ。「尋ねてみたけど、オティリアは誘拐してないそうよ」

「オティリア……」とつぶやくおれ。

彼女はおれに話して聞かせた。要求額の半分もかき集められなかったと。「半額すらないじゃないか」と犯人グループになじられたそうだ。「これでは解放には応じられんな」と。口をゆがめて、今までに見たこともない笑いを浮かべ、まさか喜んでいるってことはないだろうが、淡々と語っている。「亭主のことなどどうでもいいんだな」とまでやつらに言われたと。

「本当にいやな目つきだったわ、先生。まるで生きたまま食いつくしたいとでも思っているみたいで」

残金の支払いに二週間の猶予を与えられた。「つまり今日がその期限なの、先生。わたし、要求は受け入れるから、主人を連れてきてと求めたの。前回約束したのに、果たしてくれなかったから。『連れてきていたら今頃どうなっていた？』と彼らは答えたわ。『二度手間になっていたじゃないか。煩わせるなよ、わかったか？　亭主が死ぬのは約束を守らないあんたのせいさ』って。それでも、とにかく主人に会わせて、話をさせてと食い下がったの。『出せるお金はすべて出しつくしたわ。あとは誰か貸してくれる人を探すしかない。もし誰も貸してくれなくても、わたしは息子とここに残っているから』と。彼らは『貸してくれないわけがないだろう』とせせら笑ったわ。『どうなるかは、あんた次第だ』と」

恐れ慄いたまなざしでヘラルディーナは助言を求めてきたが、何と言ってやったらいいのか、おれにもさっぱりわからない。犯人たちの顔を見たわけでもないし、どんなやつらなのかさえも、まったく見当がつかないし。

ヘラルディーナの兄さんの顔だけはしっかり見たけどな。雨降る晩にブガから車でやってきて。背が高くて頭が禿げて不安げな顔をして。ゲリラ側から特別の通行許可証をもらって、村へ入る街道の最終区間を突破できたんだ。クラクションを三度鳴らすのが聞こえて窓から様子を見てみたら、ろうそくを手にしたヘラルディーナが出てきて、兄妹は抱き合った。それから重そうな黒いビニール袋を一緒に家に運んでね。それが現金化したヘラルディーナの、夫婦の全財産だったんだ。彼女は憤りをあらわに、「長年ふたりでコツコツと貯めてきたのに、先生。こんなことに費やすことになるなんて」とおれに嘆いたよ。

その晩のうちにヘラルディーナの兄さんは到着時と同様に、雨のなか、白旗のごとく通行許可証をフロントガラスに貼った車で、びくびくしながらサン・ホセを去っていった。兄と妹はエウセビートを残すかどうかも話し合ったという。ヘラルディーナは兄と一緒に連れていってもらいたいと望んだが、子どものほうが母親と一緒にいると言って聞かなかったらしい。「危険に身をさらすというのに、何て勇敢なのかしら」と無邪気にヘラルディーナは自慢した。「エウセビートはためらわなかったわ。死ぬまでパパとママのそばにいたいって」ヘラルディーナは半ば口を開けて、空の彼方を見やってね。「もう一銭もないの、先生。彼らにそう言って、免じてもらうしかないわ。免じてもらえなければ、向こうの好きにしてもらうだけ。どうせなら夫のもとに連れていってもらいたいわ。三人で捕虜になって、いつとも知れない解放の日を何年も待ちつづけるの。エウセビートと一緒にいるわ。あの子はわたしの切り札だもの。きっと免じてもらえるはずよ。だって本当に何もかも差し出して、隠しているものなどひとつもないんだから」。

そこでヘラルディーナが泣き出した。今日おれの家で女性が泣くのはこれで二度めだ。

彼女が泣きつづけるあいだ、膝に載った自分の手を見やり——たった今気づいたみたいに——見るとはなしに見つめていたが、はたと気づいてしっかり見たよ。相変わらず彼女の膝に載ったままじゃないか。彼女のほうは泣いていておれの手が見えないのか、見ないようにしているのか、それとも見ているのかは定かじゃないが、おまえは卑しいやつだぜ、イスマエル。連れ去られただんなのために涙を流してやるでもなく、男らしく腹を据えた息子に大喜びする親ばかに共感してやるでもなく、この期に及んで大切なのは彼女の膝なのか？　彼女は声を震わせることなくここに残ると言ったけど、だんなが聞いたらどう思うかな？　きっと大いにがっかりするだろう。〝荷物をまとめて出ていけ〟っていうのが、エウセビートがパパから頼まれた伝言だったんだから。とはいえ、熱のこもったヘラルディーナの声には感動させられてしまったがね。瓦礫のまっただなかにおれたちふたりきり、花々の残骸のなかに似た者同士がふたりきり。

「オルテンシアが一緒にヘリコプターで避難しようって言ってくれたの、先生。そんな気なんかまったくなかったし、第一今さら遅いでしょうけど。今ならその申し出を拒めないかもしれない。それほどわたし、怖いのよ」

ようやく膝に載ったおれの手に視線が注がれた。

「先生は」とおれに言った。それとも訊いたのか？

「ん？」

再び彼女はかすかに笑いを漏らした。

「先生は死ぬのが怖くはないの？」

「ああ、怖くなんかない」

「でも、ほら、震えているわ」

「あんたの言葉に感動したせいだよ、ヘラルディーナ。あるいは、オティリアがよく言っていた色欲のせいかもしれんがね」

「大丈夫よ、先生。愛を手放さないようにね。愛は色欲に勝るでしょうから」

そう言って、そっと自分の膝からおれの手をはずしたよ。だけど、そのまま黙っておれの横に座っていた。


塀の反対側から息子が彼女を呼んでいる。空っぽのプールに落ちそうになっているようだ。それともただ単にふざけているのか？　どっちにしても子どもは、プールに落っこちるような声を上げ、その直後にひと声叫んで、それ以上何も言わなくなった。ヘラルディーナが慌てて塀を抜けて戻っていく。うずくまるようにして穴を通り抜ける姿は、葬儀の飾りみたいだった。おれは追おうとしなかった。他の者ならすぐに追いかけただろうが、おれはしないよ。する気はない。何のためにさ？　それにひどく腹も減っている。初めて空腹を感じた。いつから食べてなかったかな？　まっすぐ台所へと向かい、コメのスープの鍋を探したよ。残ったコメは固くなってカビが生え、焦げてもいたけれど、ひと皿分にはなりそうだ。指でこそげ落として、固く冷たいかけらを噛みしめ、そのままストーブの前に居座った。ずいぶん前から〝生き残りたち〟が姿を見せなくなってね。餌も与えられず世話もしてもらえないとなれば当然かもしれん。自分たちでどうにかすることにしたんだろう。しかし、おれに寄り添い、オティリアを思い出させてくれていた、あのまなざしや鳴き声がないっていうのも寂しいもんだな。猫たちのことを考えていたら、彼らの置き土産らしきものが台所にあるのに気づいたよ。まるでおとぎ話の一場面みたいに床に落ちた羽根が道筋を作っていてさ。それをたどっていったら自分の部屋まで行き着いた。あそこだ、ベッドの足元に鳥の死骸が二羽分、枕の上には黒い蝶の残骸、どうやら猫たちがおれに残してくれた食事らしい。猫に養ってもらうことになるとはとしみじみ考えた。おれがあいつらの昼食を用意しなかったから、あいつらが代わりに用意してくれたんだ。あの腹の空き具合で、もしさっきコメを食ってなかったら、今頃、間違いなく鳥の羽根をむしって焼きはじめていたはずだ。鳥と蝶をそれぞれ拾いあげ、散らばった羽根を角に寄せておいたあと、眠気を感じてベッドの上にうつぶせた。眠りに落ちようってときになって、おれの名を呼ぶ女の大声が通りから聞こえてさ。

どいつもこいつも叫びやがってとつぶやきつつ、仕方なく身を起こしてね。表へ出てみたんだ。地獄へ足を踏み出すように。

§19§

前掛けの裾を握りしめて——それとも手をぬぐっているのか——ひとりの女が走っている。何から逃げているんだ？　いや、そうじゃない。何かを見に行こうとしているようだ。「先生、聞いた？」と言われて、あとをついていく。おれも何だか見てみたかったから。目的地はチェペの店だった。店のなかは強風にでもあおられたようにテーブルがめちゃくちゃになっていてさ。頭を抱えて通路にしゃがみ込む店主を野次馬が取り囲んでいた。絶望に陥ったその姿を見るや〝かみさんが見つかったんだろう。ただし遺体で〟と察したよ。外は珍しく暑くない。チェペのかれたうめき声に応じるように尋常でない風が吹きつけて、舞い上がった埃が彼の足元をくるくる回っていたよ。まわりを囲んだ男も女も、ただただ見守るばかりでさ。たまに問いかけてはおそるおそる意見を述べるだけで、辺りには打ちのめされたような沈黙が漂っている。ひそひそ話に首を突っ込んで状況を探ってみたよ。今朝がた、店のドアの下に再び犯人グループからのメッセージが届いたが、それは事実上の最後通牒で、袋のなかに血まみれのかみさんと娘の人差し指が入っていたという。話を聞いて、見やると確かに、血染めの紙袋がチェペのそばに落ちている。彼の傍らに寄り添ってやりたかったのに、人垣から〝おーい〟が出てきて腕を取られてしまってさ。こんなときに〝おーい〟となんかおしゃべりしている場合ではなかったが、青ざめた顔でぐいぐい引っ張られて仕方なく従ったよ。それに、彼が誰だか思い出せぬまま家でコーヒーを出してやった、あのときのことを思い出して、何だか気の毒な気がしたもんだから。「先生」と耳元でこっそり言ってきた。「あんた、寝ているあいだに殺されたんじゃなかったのか?」。「そんなはずがないだろう」とかろうじて反論して、「だったら今おまえと一緒にいるおれは誰だというんだ?」と笑い飛ばそうとしたが、結局互いに信じられんという顔でしばらく見つめ合っただけだった。「で、誰がおれを殺すつもりだったって? いったい何のために?」と尋ねると、「そう聞いたから」と答えたよ。酔っているわけでも薬をやっているわけでもなさそうだ。だけど真っ青な顔をして、まともなほうの目をぱちくりさせて、おれをひたと見つめて、腕をつかんで放そうとしない。「これは何の冗談だ?」と問い返したら、「じゃあ、本当はあんた、生きているってことか」と言う。「今のところはな」と切り返したら、突拍子もないことを言い出した。「あのさ、本当はおれ、誰も殺したことなどないんだ」。「何だって?」と訊き返したら、「全部嘘っぱちだよ、客引きのためにやっていた」と言う。何のことだか理解するのに結構手間がかかったが、やっとのことで思い出し、「だったらまったくの逆効果だ」と言ってやったよ。「おまえは客を逃がしていたぞ。おれたちは皆、おまえが首を刎ねてミンチにしていると思い込んでいたからな」。そして彼の手をおれの腕からはずしたんだ。誰にもおれたちの会話は聞かれていなかった。「生きててよかった、先生」と繰り返す彼は、まるで叱られた子どものような様子でね。片目をぱちくりしながら再び何かを訊きかけたけど、何とも言いようのない同情心を覚えつつ、おれは彼から離れたよ。すると彼は人々に背を向けてその場から去っていき、人垣に戻ったおれのほうも彼のことなど忘れていた。「眠っているあいだに殺されたなんて」と大声で口にして、次の瞬間、そうかと納得した。自分はずっとオティリアに向かって語っていたのだと。「そんな幸運に恵まれたことは一度だってないね」。

チェペが袋を手にしてのっそりと立ちあがり、唇を引きつらせたまま足早に歩き出す。男も女もこぞって彼についていく。いったいどこに行く気なんだ？　おれも一緒になってあとを追う。間違いなくどこかに行くつもりなんだろうが。「駐在所だな」と誰かが予想する。

「何でさ？」と別の者が訊き返す。

「尋ねにさ」と数人から答えが返る。

「尋ねるって何をさ？　答えるわけがないだろう」

「答えるかもしれないじゃないか」

何もわからない、もしくは何もわからないと決め込んだ顔で、駐在所に到着して入口を取り巻いている集団のなかにおれは、呆気にとられた顔をした自分自身の姿を見ていた。暗黙の了解で、なかにはチェペをひとりで行かせたが、入ったと思ったらすぐに出てきた。それもこわばった表情で。彼の言葉を聞くまでもなくおれたちは悟ったよ。駐在所にはひとりも警官がいない。いったいどこに行ってしまったんだ？　すでにここに到着したときから立番《たちばん》が誰もいないのはおかしいといぶかっていたが、そこでサン・ホセが異様に静まりかえっていることに思い至ったんだ。不安が全員の頭をよぎり、どの顔もどの声も色を失った。そういえば、グロリア・ドラドが兵士らと一緒にトラックに乗っていくと言っていたが、まさかあれが村を出る最後のトラックだったのか？　何も言われていないし、通告もまったくなかったが。どうやらほかの連中もおれと同じことを考えているようだ。おれたちはみずからの意志で村に留まった者ということになるのか？

今の今になって初めておれたちは知ったんだ。村の通りという通りに不気味な連中がゆっくり静かに侵入してきていることに。無表情でおぼろげな人影が崖の方角から現れて、あちこちの角で消えたり再び現れたりしながら数を次第に増している。そこでチェペを囲んでいたおれたちもその場を退散しはじめた。やはりゆっくり静かに、各自わが家を目指してね。しかも、実に奇妙極まりないことに、誰もがそれを何とも自然にやってのけていた。「全員広場へ」と兵士らしきひとりがおれたちに向かって叫んだが、聞かぬふりして黙ったまま一心不乱に進んだよ。おれは教区信者の夫婦のあとを彼らと知らずに追っていく。ふたりがどこに向かっているのか確認もせずに、途中から横に並んで歩き出す。「全員広場へと言っただろう」と別の場所で再び声がした。誰ひとりとして従うことなく、せかせかと歩みを速めて、人々が走り出した瞬間におれも一緒に駆け出した。この老人のおれがだぜ。何てったって誰もが丸腰なんだから。オティリアの前で弁解するように、怒りに任せて声を上げる。「おれたちに何ができるって言うんだよ?」。

チェペと一緒にいたおれたちはすでに彼の姿が見えないほどに離れていたが、そのとき彼の声が後ろから聞こえてきたんだ。屠《ほふ》られる直前の豚さながらの身も毛もよだつ金切り声。甲高い叫び声になっているのは怯えているからだった。村を占拠しはじめた者たちに必死になって質している。妻と子どもを誘拐したのはおまえらか、今朝彼女らの指を送りつけたのもおまえらかと。彼がそんな暴挙に出るとはとても信じがたくてさ。彼の声に休戦を告げられたかのように、逃げていたおれたちはほぼ全員、その場に立ち止まったんだ。いつしか太陽は雲の連なりに覆われ、吹きすさぶ風が歩道に土埃を上げている。〝雨でも降りそうな空だな〟と思った。〝いっそ大洪水にして何もかも沈めてくれよ、神さま〟。

皆からも見えないのか、おれのところから見えないだけか。立ちつくした男女の群れや侵略者たちの集団に妨げられ、チェペの姿は見えないが声だけは聞こえる。チェペが罵りや非難も交えて同じ問いを繰り返している。ところがおれたちの意に反して、彼の訴えにもかかわらず、銃声が響いたんだ。「今度はチェペか」と隣にいた男が言うと、先に走り出した妻を追って自分も走り出してね。おれも慌ててあとを追って、再び誰もが駆け出した。それぞれ方向はまちまちだけど、叫んだり無駄口を叩いたりする者はいない。走行中は物音ひとつ立ててはいけないとされているみたいに、揃って無言で逃げてゆく。

「広場に行けって言ってんだろう、くそったれども！」また別の声がする。家畜を追い込むように逃げる人々を追いかけて、軍服姿の連中も走ってくる。とても信じられない事態だが、信じるしかない。そうさ、信じるしかないんだよ。並んで走っていた夫婦がやっと自宅に着いたらしい。教会よりもさらに先にいったところだった。一緒に彼らの家に逃げ込もうとしたら、けんもほろろに拒まれた。「先生、だめだ。自分の家に戻りな。そうでないとおれたちまで巻き込まれてしまう」。男の大きな横顔が怯えた目をしていてさ。それってどういうことだ？　と思うや、妻も手伝い力任せにおれの鼻先で戸を閉めた。男がおれを入れてくれなかったのは恐れのせいだろう。おれは彼を問題に巻き込む存在らしい。またひとりぼっちになってしまったな、イスマエル。家までの道順をしっかり思い出せよ。四方の角を見渡したが、どれもこれもそっくりで、一様に危険が潜んでいるようにしか見えない。どこを通ってもどうせ災難に見舞われるなら、どれを通っても大差はないだろう。だけど間違えるなよ、イスマエル、と再び自分に言い聞かせ、夜の闇を手探りするように家路を急いだ。異常なほど通りには人影がなく、歩いているのはおれだけで、両側に並ぶ家々の戸や窓にはしっかりかんぬきまでかけられていた。扉の閉まった窓のひとつをとにかく強く叩いてみる。ここはひょっとしてセルミロの家じゃないか？　おれより年配の友人セルミロの。そうだよ、確かにセルミロの家だ。これぞまさしく神の奇跡。セルミロならおれを入れてくれるはずだ。そこで大きな扉の木枠を思いっきり叩いたよ。さすがに拳が痛くなったが、誰も開ける様子はない。間違いなくセルミロの部屋の窓だとわかっているのに。なかで咳払いがしたので、隙間に耳を当ててみた。

「セルミロ」とおれは呼びかける。「おまえだろう？　窓を開けてくれよ」

誰も返事をしない。

「玄関まで回る暇はないんだ。窓から入れてくれ」

「イスマエルか？　寝ているあいだに殺されたんじゃなかったのか？」

「違うよ。いったいだれがそんなでっちあげをしたんだ？」

「わしはそう聞いたぞ」

「とにかく開けてくれ、セルミロ」

「どうやって開けろというんだ、イスマエル。わしは瀕死の状態なのに」

通りは相変わらずおれひとり。加えて最悪なことにもう逃げまわる力すら残っていない。さっきよりも叫び声が大きくなった気がする。次第に近づいてきているらしい。これでは取り囲まれるのも時間の問題だ。

「外では何が起こっているんだ、イスマエル？　銃声やら叫びやら。通りで祭りでもやっているっていうのか？」

「人殺しをやっているんだよ、セルミロ」

「で、おまえも巻き込まれているのか？」

「どうやらそうらしい」

「だったらさっさと家に戻ったほうがいい。わしは動けん。体が半分麻痺しているんだ。聞いてはおらんか？」

「聞いてない」

「うちのせがれどもが何をしたかも知らんというのか？　わしをここに置き去りにしたんだぞ。飯と揚げバナナの入った鍋と、臓物料理の入ったフライパンを残して、わしを捨てて逃げてったんだ。おれに食べさせようと、苦労して肉類をかき集めたんだろうが、これが尽きたらどうすりゃいいんだ？　薄情な親不孝者どもめ」

「せめて窓を開けてくれよ。ここからなかに入るから。一緒に身を守ろう」

「誰から身を守るんだ？」

「人殺しをやっているって言っただろう」

「道理でせがれどもがわしを見捨てたわけだ」

「とにかく開けてくれよ、セルミロ」

「身動きできんと言っただろう？　血栓症だよ、イスマエル。どういうものかわかるか？　わしはおまえよりもずっと年寄りなんだ。祭りでまだ踊れるおまえとは違ってな」

「開けてくれよ」

「かろうじて右腕を伸ばして肉のかけらがつかめるだけだ。用足しをしたくなったら、どうしたらいいんだよ？」

「やってきたぞ。あっちこっちで撃ちはじめやがった」

「ちょっと待ってろ」

しばらくすると、部屋のなかで何かが落ちる音が聞こえた。

「ちくしょう」とセルミロが悪態をついている。

「どうしたんだ？」

「臓物料理のフライパンが落ちやがった。犬にでもなかに入られたら、追い払うこともできんのに！　全部食われちまうだろうよ」

泣きながら罵りつづけている。

「窓はどうだ、セルミロ？」

「とても届かんよ」

「頼む、やってみてくれ」

「走って逃げろ、イスマエル。どこでもいいからとにかく逃げるんだ。おまえが言うのが本当なら、いつまでもここで時間を食ってる場合じゃない。遅かれ早かれ犬がやってきて全部食われちまうから。ベッドで小便せにゃならんのか、わしは？」

「わかったよ、セルミロ。じゃあな」

と言ったが、まだその場に立ちつくす。叫び声は聞こえなくなったが、這って逃げるしかないか。セルミロが忠告したように、走る余力はどこにもない。

「そのうち息子さんたちも戻ってくるさ」と別れ際に言ってやる。

「せがれたちもそう言ったが、だったらこの食べ物は何なんだ？　どうしてわしをここへ置いていった？　あいつらはわしを捨ててサン・ホセを出ていったんだ。薄情な親不孝者どもめ」

§ 20 §

連なる家々の壁にもたれてどうにか前に進んでいると、突然凍りつくような悲鳴に出くわした。どうやら通りにいるのはおれだけじゃないらしい。続いていくつもの声が一緒くたに聞こえ、思わず周囲を見まわした。すぐ近くではないようだが遠く離れているわけでもなく、そこかしこに急流のごとく入り込んでは逆流していく。二ブロック先に声の出どころを見つけたよ。少人数の武装集団で、口を開けた紫色の横顔がちらりとうかがえた。かすかに聞こえる悲鳴のなかを、めまぐるしいほど素早く通り過ぎたもんだから、誰が叫んでいるのかまではわからなかったけど。そうこうするうち、今度はまったく何も聞こえなくなってさ。悲鳴の主がそっと漏らした、ほとんど聞きとれないほどのため息ひとつを除いてね。いよいよ追っ手が登場した。集団の最後部にいた数人が急にこっちを振り向いて、方向転換しておれのほうへ駆けてくる。見つかってしまったただろうか？　警戒しながら近づいてくると、ほんの半ブロック手前で一斉に武器を構えてさ。

それぞれ別の方向に銃を構えて発砲するつもりらしい。空に向けてか？おれに向けてか？ほうぼうに照準を合わせて今にも撃とうとしている。咄嗟におれは歩道に崩れ落ち、眠っているようにその場に丸まった。死んでいるふり、死人になりきる。おれは死んでいるんだ。眠っているんじゃないぞ。実際、自分の心臓すら止まったように思えてさ。まぶたを閉じずにしっかり目を見開き、瞳を動かさずに雲がひしめく曇天を見据えたよ。ブーツの音が次第に近づいてくる。周囲の空気が消え失せるような、まさに恐怖そのものだ。連中のひとりがおれを見つめているらしくてね。つま先から髪の先まで相手の視線を感じたよ。ひょっとして骨の髄まで注意を払っているんじゃなかろうか。そう思ったら、笑い出しそうになったよ。くしゃみのようにごく自然に笑いが込みあげて。唇を嚙みしめ必死になってこらえるが、生涯で最も長い高笑いを発したい気分でさ。おれが目に入らなかったのか、あるいは死んでいるとみなしたか、男たちはおれの横をそのまま通り過ぎていったんだ。どうやってあの笑いを、恐怖による笑いをこらえきれたかわからんが、一分あるいは二分間の死のあと、頭を横にして目を動かした。武装集団は駆け足で通りの角を曲って消えた。そのとき大粒の雨が空からぼたぼた落ちてきた。枯れてしまった大きな花が土埃に叩きつけられるような音がする。〝大洪水だ、神さま、大洪水にしてくれよ〟。願ったとたんにぴたっと降りやみ、〝どうやら神さまは賛成でないらしい〟と内心ひとりごつ。すると再び笑いが込みあげ、今にも口から飛び出しそうだ。ほら、もうちょっと、ほら、もう少しで……〝とうとう狂っちまったか、イスマエル〟。そう思うや、まるでわが身が恥ずかしくなったように、笑いが体内で止まったよ。

「このじいさんはわざわざ殺すまでもない。わからねえか？　ほとんど死んでるも同然だ」

「情けのとどめを刺してあの世に送ったほうがよくないか？」

「こいつ、さっき死んでたやつじゃねえか？　そうだ、同じ野郎だよ。すっかり血色がよくなってるし、死臭もしていない。ひょっとすると聖人かもしれねえぞ」

「よお、じじい。あんた、生きてるのか？　それとも死んでいるのか？」

おれはひとりではなかった。背後に男たちがいたんだよ。尋ねてきた男が銃口を首筋に突きつけてくる。そいつの笑いが聞こえたが、おれはそのまま黙っていた。

「くすぐってみたらどうだろう？」

「やめとけ。聖人をくすぐるわけにもいかんだろう。じゃあな、じいさん、またあとでな。と言っても、今度会うとき、おれたちの機嫌がいいって保証はないぜ」

「やっぱりひと思いに撃ってやったほうがいい」

「殺すんなら、さっさと殺してくれ」

「おい、聞いたか？　死人が口をきいたぜ」

「だから言ったろ？　聖人かもって。こいつは神の奇跡だよ。聖人さま、腹は空いてませんか？

パンでもひとかけらいかがですかね？　神さまにお願いしてみるといい」

神にパンをねだれだと？　いやだね、誰がそんなもの。

男たちはその場を去っていった。きっと去っていったと思う。たぶん去っていったんじゃないかな。

いや、去ってはいなかった。

おれは思わずぎょっとしたよ。振り返ってはみなかったが、戻ってくるのを感じてね。やつらはゆっくり歩いて再びそばまでやってきた。何やらよからぬ相談をしてきたと見え、引きずってきた物体をおれの横に放り投げた。それはひとりの男で、瀕死の重傷を負っているらしく、顔面や胸元が血まみれになっていた。おれも知っている村の者にちがいないが、はてさて何て名だったか？

「よし」と連中のひとりが言った。

〝よし〟って？

すると、相手が続けた。

「あんたがとどめを刺してやれ」

拳銃を差し出されたが、受け取る気などさらさらない。

「人を殺したことはないんでね」

「こ……殺してくれ、後生だから」と力を振り絞って重傷者がおれに訴える。はるか遠くから聞こえてくるような消え入りそうな声だ。おれの顔を見ようと無理に身をよじったが、顔を覆った血と涙に視界をさまたげられているらしい。

「あんたが殺してやればいいだろう」と拳銃を差し出した男に言い返す。「苦しんでいるのがわからないか？　自分でしたことは最後までやり遂げろ」

どうにか立ちあがることができたが、こんなに体を重く感じるのは初めてのことだった。まるで重たい荷物を担いでいるみたいで、両腕も両脚も思うように動かない。それでも相手の手を払いのけ、自分に向けられた銃口を突き返すだけの力は残っていたが。

またもや手探り状態でその場から離れたよ。逃げると言うにはあまりに遅く、絶望的な速度でね。自分の体でない気がして、思うように前には進んでくれないからだ。とはいえ、どこへ向かって逃げる？　上るか、下るか。

そこで銃声が響いた。頭上を銃弾がうなって飛んでいく。次いでもう一発。今度は足から数センチの地面で跳ねる。おれは立ち止まって振り返った。われながら恐怖心がないことには驚きだ。

「怯えてびくつくことがないとは気に入ったぞ、じいさんよ。だが、なぜかはお見通しだ。自分では銃弾を撃ち込めないからだろう？　だから、おれたちに殺してもらいたいんだ、望みをかなえるために。だけど、あんたにその喜びを与える気は、今のところないからな。そうだろ、皆？」

ない、ない、と繰り返してほかの男たちも笑った。その後、瀕死の男のうめき声がまた耳に入ってくる。弱々しい馬のいななきに似たうめき声だった。おれはよろめき、つまずきながら再び歩き出した。

また銃声だ。

今度はおれに向けられたものじゃない。

後ろを振り返って見やった。

「あの老いぼれ、いったい誰だよ?」と連中はまだ言っている。

「おい、じいさん、あんたを的にしてほしいか?」

「ああ、ここに」と告げて、心臓を指差した。

何がおかしいのかまったくわからん。おれの顔か? とにかく大笑いでやつらは応じた。

おれはどこを歩いているんだ? ときどき銃声と紛らわしい叫び声が聞こえては、本物の銃声とごっちゃになって音が浮き沈みしている。そこへさらに〝おーい〟の甲高い叫びが加わるが、どこか狂った感じがしてならない——とはいえ、この調子じゃあ、世のなか同様、おれがおかしくなるのも時間の問題だ。そもそもこの混乱のさなかにエンパナーダなんか売ってどうするんだ? 通りの角という角から、信じられないほどはっきりと「おぉぉぉぉいっ!!」が聞こえてね。

まるでどの角にも〝おーい〟がいるようだ。おれには村の見分けがつかなくなった。別の村だよ、こいつは。似ているがまったく別ものだ。作り物と驚愕に満ちた、頭も心も存在しない村だ。そんな村のどの角を曲ったらいい？　むしろ村のはずれに行き着くまで、まっすぐ進んだほうがいいかもな。だけど、おれにそれができるだろうか？　今や体力ばかりか気力さえ失せたらしく、前進するのを阻もうとする。おまけに膝の調子までまた悪くなってきた。老いにつける薬はないからな、今は亡きクラウディノ先生よ。

学校の辺りまできたところで、列をなして街道方面に歩いていく人の群れに遭遇した。サン・ホセを去っていくんだ。おれと同じことを考えたんだろう。去りゆく者たちは村の大部分だった。もはや人々は走ってはおらず、悲愴感を漂わせ——男も女も老人も子どもも——ゆっくりと歩いている。不安げな顔という顔がひとつの影となっておれの前を過ぎていく。おしゃべり好きな女たちは祈りの言葉をつぶやきながら、男たちは貴重品（服や食糧からテレビに至るまで）を必死に運びながら。「先生、あんたは出ていかないのか？」と問われ、「いや、おれはここに残るよ」と答える自分の声を聞く。おれ自身の問題はそのひとことで解決した。置き去りにされた家々のぬくもりと、沈黙した木々の影に囲まれて、おれはここに残るよ。皆に手を振り、別れを告げて、おれはここに残るよ。神さま、おれはここに残るんだ。だって、ここでしかおまえとは再会できないんだから、オティリア。ここでしかおまえを待つことはできないんだから。戻れないなら、戻ってくるな。だけどおれはここに残る。

「気をつけてくれ、先生」とおれに言ってきたのは、一緒に逃げていたとき、玄関を閉めた男だった。

その手の忠告は初めてではなかったが、男はしつこく訴えた。

「連中は名簿を持っていて、載っている者を見つけ次第、容赦なく殺しているから」

「先生」別の男が思いきっておれに告げる。「あなたの名前も名簿に載っていてね。やつらが探しているんだよ、先生。一緒に逃げよう。何か言われても黙っていればいいから」

そいつは驚きだ。おれを探しているとはな。相手の顔をよく見ると、セルミロの息子のひとりだった。

「で、親父さんは？」と訊いてみる。「置いてきぼりにしたのかよ？」

「行きたくないって言い張ってね、先生。おれたちは背負ってでも連れてきたかったけど、別の場所で死ぬぐらいなら生まれた村で死にたいって」

そう言ってまばたきひとつせずにおれを見据え、不意に気弱な声になった。

「もしかしたら親父のやつ、先生にも薄情な親不孝者だって言ったかもしれないけど。本当はそうじゃないんだ。親父は愚痴をこぼしたがる性分でね。嘘だと思うなら行って確かめてみてくれ、先生。家の玄関は開いたままにしてあるよ。連れていくって言ったのに、認めなかったのは親父のほうさ」

　誰がそんなの信じるものか。

　立ち止まっておれに話しかけているのは、セルミロの息子を含めて三人。他の者たちがどんどん進んでゆくので、いら立った顔でうながしてくる。

「一緒に来なよ、先生。強情なんか張らずにさ」

「でも、どうやって？」と腫れあがった膝を見せてやる。「たとえ一緒に行きたくても、これじゃ無理というものだ」

　セルミロの息子は肩をすくめて、遠ざかっていく集団に追いつこうと急ぎ足で駆けていった。残りのふたりはため息をつき、首を横に振っている。

「やつらはそのうち戻ってくるだろうから、先生。けっして名乗っちゃいけないよ。言わなきゃ誰にもあなただって絶対わからないから」

「ところでチェペは？」とふたりに訊く。「最後はどうなったんだ？　おれは何があったか見てないんだ」

「おれたちも見てないよ」

「誰が死んだ連中を埋葬するんだ？　誰がチェペを葬った？」

「おれたちの知っている者でないことだけは確かだな」

　それから皮肉を込めてふたりのあいだで言い合った。

「連中のひとりにちがいないよ」

「殺した張本人かもしれないな」

そう口にしたことを後悔したのか、話を聞き、自分がやらねばと思っているおれに同情したのか、さらに言い加える。

「おれたちは出ていくよ、先生。死にたくはないからね。文句を言っても始まらないよ。ここから立ち去れって命じられたら、出ていくしかない、それだけのことだ」

「おれたちと一緒に来なよ、先生。名簿に載っているんだから。この耳で聞いたんだよ。先生の名前があったのを。気をつけなくちゃいけないよ」

どうして名前を訊かねばならない？　名前が何であれ、誰かれなく、好き勝手に殺すのに。ただその〝名簿〟とやらに何が書かれているのかは知りたいものだ。白紙だってこともありうるぞ。自分たちの思いどおりに名を書き込めるように。

学校の反対側から喘ぎ声やざわめきが聞こえてくる。緑が生い茂った山々から、木々に囲まれた土手を経て、一段と大きくなってくる。山から続く狭い道を通って、別の男女の群れが列をなして歩いてくる。嘆きながら、身震いしながら、言い争いながら、励まし合いながら。おれたち村の者が知らないとでも思っているのか「まるでブヨ同然に、人を殺している」と警告してくる。むなしくも集団のなかに視線を走らせ、ロドリーゴ・ピントと妻子の姿を探す。むなしくもあの青年が語った夢、はるかなる山を思い起こす。通り過ぎていく者たちに彼の安否を尋ねると、近所に住んでいたらしい男が首を横に振ってね。だけど予想に反してちっとも悲しげな態度ではなくてさ。冗談でも語るように「彼の帽子が川に浮いていた」とおれに言い、それ以上、話を聞かずに他の者たちと行こうとする。片足を引きずってあとを追い、「ロドリーゴの奥さんと子どもたちは？」と食い下がると、相手は振り向きもせずに叫んだ。「全部で七人だったよ」と。

街道の最初のカーブの向こうに人々が消えていくまで見守った。彼らは去っておれは残るが、実際、どこに違いがある？　村を去ったところで行く当てもないわけで、結局は自分たちのものでない、けっして自分たちのものにはならない土地を目指すだけ。それじゃあおれと一緒じゃないか。おれはもはやおれのものではない土地に残るんだから。どうやらおれが気づかぬうちに、この村では日が暮れ、夜が更け、朝を迎えているらしい。すでに時間の感覚すら失ってしまったんだろうか？　通りで孤独感を覚えるおれにとって今後、サン・ホセでの日々は絶望的なものになるかもしれない。

せめてセルミロの家の窓がわかれば一緒にいられるのに、もうどれだったかもおれにはわからない。角という角、家という家をひとつひとつ確かめていくが、見覚えのないものばかり。ふと、ある家の屋根を見やると、雨樋に沿って歩く〝生き残りたち〟がいて驚く。二匹揃って上から見下ろすように、おれの歩調に合わせて歩いていてね。たった今こっちに気づいたように、あれ？

って顔して見つめている。「ああ、おれも猫だったら。そこの屋根の上にいる一匹の猫だったら」彼らに向かって言ったよ。「どう考えても、おまえたちより先に撃たれるのは確実だな」。二匹は話を聞くと、現れたときと同様に突然姿を消した。あいつら、おれのあとをつけていたのかな？少し離れたところで激しい乱射音が鳴り響き、小鳥の群れが一斉に木々の枝から飛び立った。遠くに、出遅れた男女の集団が先を急ぐのが見える。音を立てまいと気にするあまり、つま先立ちで逃げているようだ。数人の女たちが、怯えた顔でおれを指差している。まるで亡霊か何かを見かけたように。

いつしかおれは石の上に腰を下ろしていた。それは白くて大きな石で、心地よく香るマグノリアの木の下にある。石にもマグノリアにも覚えはないが、いったいいつからあるんだろう？わからなくて当然だよ。この通りも四つ角も、あらゆるものが記憶のなかから失われつつあるんだから。まるで自分が沈み込んでいくような、忘却の果てへと続く階段を一段一段降りはじめているような感覚だ。おれはきっと、この村でひとりぼっちになるんだろうな。だけど村よ、いずれにしても、これからおまえはおれの家になるんだよ。オティリアがおれのもとに戻ってくるまで、おまえを歩きまわってやるからな。

家々をめぐっては、台所に残された物を食べ、それぞれのベッドに横たわり、遺された品々や洋服からその家の暮らしぶりや物語を想像して。おれの時間はこれまでとは違ったものになるだろう。大いに楽しんでやるぞ。視力はしっかりしているんだから。そのうち膝も治るだろう。散歩がてら高地まで歩いてやるぞ。戻ってくれれば猫たちが餌を与えてくれるさ。もし泣くことだけが唯一おれに残されたものなら、それは幸せの涙になるだろう。だけど、おれが泣いたりするか？　いや、それはありえない。これまでずっとこらえてきた大笑いが噴き出すだけさ。

そこでおれは実際、にっこり微笑んだ。なぜって急に娘が隣に現れたからだ。おまえもこの石に座っていたか、と彼女に話しかける。おまえがわかってくれるといいな。おれという存在が内に秘めている、おぞましさや――この言葉を口にするのはどうも照れ臭くて、つい大声になってしまうが――愛情を。おまえがおれに同情して寄り添ってくれているといいな。おまえの母親をひとりにしたがため、行方不明にしてしまった、唯一の責任者であるこのおれを許して。

今度は目の前にオティリアが現れた。

たぶん彼女と一緒にいる子どもたちは、おれたちの孫にちがいない。皆で手をつないで、怯えた目でおれを見つめている。

「本当におまえたちなのか？」と彼らに問いかける。尋ねられたのはそれだけだった。

思いがけず〝おーい〟の叫び声が応じ、とたんにオティリアの姿が消え失せてしまった。苦々しい後味をおれの舌に残して。まるで本当に苦いものを飲み込んだように。たぶんそれは笑いだ、おれ自身の笑いにちがいない。

おれは石から腰を上げた。さあ、家へ戻るとしよう。たとえこの村が去ってしまっても、おれの家は去ったりしない。さあ、あそこへ帰ろう。たとえ途中で道に迷っても。

§
21
§

白い石（あそこからけっして動くべきではなかった）から二、三ブロックのところで、おれを殺さず生かしておいた男たちに出くわした。通りのまんなかで鉢合わせしたんだよ。玄関先にゼラニウムが植えられた家の真ん前で。いったい誰の家だった？　連中は名簿を片手に大声で誰かを呼んでいる。聞き覚えのない名前だが、おれってことはないだろうな？　そのまま何の気なしに男たちのあとについていく。自分の軽率さに気づいたときには万事休すだった。ここで引き返してはかえって面倒になりかねない。幸いこっちに注意を向けてはいなかったようだ。家の玄関が開いているのが、おれの位置からも見てとれる。ありったけの力を振り絞って真向かいの歩道に後退し、建物の壁にもたれて内部を見やる。薄暗い通路にテーブルがいくつも引っくり返っていてさ。何ってこった、またもやチェペの店じゃないか。

開け放たれた玄関の前で男らが名を叫びつづけている。生死に関わる呼び出しに、誰が応じてやるもんか。武装集団のひとりが必要もないのにドアを蹴り、ライフルの銃床で壊してさ。家のなかに乗り込んでいくと、二、三人とあとに続いたよ。やがて青年をひとり引きずって出てきたが、おれの知らない顔だった。相変わらず名を繰り返しているが、全然覚えがない。とうとう人の名前まで忘れてしまったか？　口ひげを生やした青年の顔は青ざめ、おれよりさらに慄いていてさ。道のまんなかまで連れ出されて地べたに座らされた。妙な風が吹いてきて、哀れな青年のシャツの裾を——食肉市場に連れていかれる家畜にバイバイするように——ぱたぱたとはためかせた。連中は大声で彼に何か言っているが、その向こうで叫ぶ女の声にかき消されてよく聞こえなかった。家からわめきながら出てきたのは、年老いた女でさ。オティリアと同じぐらいの年齢で、おれも誰だか知っているにちがいない。青年の母親だろうか？　ああ、どう見ても母親だろう。ならず者どもに向かって罵り声を上げている。

「いったいうちの息子が何をしたっていうんだよ！」

母の直訴もむなしく銃口は青年に向けられて、一発、二発、三発と銃弾が撃ち込まれた。連中はそのまま先に向かおうとしたよ。老いた母を無視して、おれのことも無視してね。おれを見たくないのか？　大股で現場を去っていく。取り残された老母は両手を震わせ、狼狽し、金切り声を上げたんだ。「あと殺す相手は神さまぐらいしか残ってないよ！」と。

「そいつはどこに隠れてるんだ、ばあさん、居場所を教えろよ」

やつらの返答を聞くや、老母は息を吸い込むように口を大きく開けた。一瞬、迷いが生じたのが手に取るようにわかる。虫の息のわが子に寄り添い、最期を看取ってやるべきか、それとも連中を追いかけ、もの申してやるべきか。後者を選んだ老母は、一番後ろの男のリュックに片手でしがみつき、もう一方で息子を指差し、こう答えてやったんだ。
「ここにいるよ。さあ、もう一度殺すがいい」。それから叫びつづけた。「もう一度殺したらどうだい？」と。

おれは歩道に座り込んでいたが、死んだふりをしたいからではなかった。またもや風が吹いてきて、土埃を巻きあげ、雨粒がぽつぽつ落ちてきた。とにかく重い体を起こし、「もう一度殺せ」と叫ぶ老母とは反対方向へと歩き出す。背後で銃声が響き、体が崩れ落ちる音がした。クラウディノ先生の山小屋から下ったときと同様の吐き気とめまいを覚えて、地面に突っ伏したい気分だ。そこに見えるのはうちの玄関じゃないか？　そうだよ、おれの家だよ――あるいは少なくとも、眠ることのできる場所だ――と信じたかった。一歩なかに足を踏み入れただけで違う家だとわかったよ。どの部屋もしっかりと鍵がかかっていたからね。再び通りに出たところで、今度は別の集団に遭遇した。やはりおれには目もくれずに駆け足で通り過ぎていく。しばらくおれは立ち止まったまま、遠ざかる足音を聞いていた。

やっと見覚えのある通りに出た。ギター工房があった場所のすぐそばだ。開けっ放しのマウリシオ・レイの家が見つかったが、なかには誰もいなかった。この村でひとりっきりになってしまったことを否応なしに悟らされる。セルミロはもう死んだだろう。天まで逃げたと信じたい。皆が出ていって、いるのは留まることにした者たちと殺人者どもだけだ。ひとつの魂も残っちゃいないと考え、自分自身に驚いた。そんなことを思っていた矢先に、どこかから、いや、村の至るところから〝おーい〟の叫びが聞こえてね。「まだいたか」と口にしたが、まだ誰かに会えるという希望が芽生えたよ。

いつも〝おーい〟がエンパナーダを売っていた角を探しまわる。再び叫びが上がったとたんに寒気を覚えてね。至るところからばかりか、まわりのものすべてから、おれ自身の内部からまでその声が聞こえた気がしたからだ。「ということは、この叫びは妄想だってことか?」と大声で言ったら、別人のような自分の声がした。〝おまえの狂気だよ、イスマエル〟。その直後に風が吹いた。やけに寒々とした風だ。するとおれが探すまでもなく、目の前に忽然と〝おーい〟の縄張りの角が現れた。屋台だけは置いてあるが、彼の姿は見当たらない。だけど、相変わらず叫び声は聞こえる。〝ということは、この叫びは妄想ではないってことか〟と考え直す。〝どこかに叫んでいる本人がいるにちがいない〟。通りの角でさらに大きな叫びが聞こえる。どんどん声が激しくなって、厚みを増して、甲高くなって、あまりのうるささに思わず耳を塞いだよ。そうしたら瞬時に屋台が赤っぽい砂に覆われた。おびただしい数の蟻がそこらじゅうを動きまわっている。いやな予感がしながら揚げ釜を見やると、冷めきって黒ずんだ油のなかに、こわばった〝おーい〟の顔が半ば沈んでいた。額のまんなかに突然黒光りしたゴキブリが一匹現れ、それに呼応するかのように再び叫びが上がってね。おれはその場から逃げ出しながら、狂気の沙汰とはこのことだと思ったよ。実際には叫びなんかしてないのに、確かに聞こえている。自分のなかから聞こえているんだ。実体をともなった確固たる叫びから必死になって逃げる。ようやくわが家にたどり着き、ベッドにあおむけになっても、まだつきまとってさ。もう聞くまいと窒息しそうなくらい鼻と両耳を枕で覆っても、なお続いていたよ。

不意に安らぎなき静寂が訪れた。周囲が静まり返っている。

何時頃かはわからないが暗くなりかけている。両目を閉じる。どうせなら眠っているところを見つけてくれたらいいのにな。おれは寝ているあいだに殺されたんじゃなかったか？　眠りたいが眠れない。地に飲み込まれても眠れそうにない。庭に出て空でもながめ、およその時刻を見当づけてみるか。台所で片づけものをして、〝生き残りたち〟の相手をして、揺り椅子にでもゆったり座って、夜に抱かれ再び眠りにつけるように。

庭に出てみると、まだ空は明るかった。癒やしの夜までは、まだ間がありそうだ。

「ヘラルディーナ」と大声で言った。

そうだ、塀の向こうにヘラルディーナがいるじゃないか。ばかげたことかもしれんが、生きていると信じて疑わなかった。ヘラルディーナを見つけなくちゃ。見つけるんだよ、生きたまま。叫び声でもいいから彼女の肉声を聞かなくちゃ。

同時に叫び声を思い出した。最後に彼女と会っていたとき、彼女を呼んだ息子の声だ。塀を通り抜けながら、そのことを考えた。

隣の庭はいつのまにか草ぼうぼうになっていた。穴でものぞくようにプールのなかを見やる。風に押しやられる枯れ葉のなかに、鳥の糞や散らばったごみのあいだに、硬直したコンゴウインコの死骸とともに、びっくりするほど青白いエウセビートの遺体があった。うつぶせに倒れた体は、裸だからか一層青ざめて見える。両腕を頭の下にして、ひと筋の血がまだ耳から流れているように見える。一羽の雌鶏が、唯一生き延びた雌鶏が、非情にも少年の顔をついばんでいたよ。ヘラルディーナのことが頭をよぎり、大きく開け放たれたガラス扉へと向かった。家のなかから物音がして思わず足を止めたけど、数秒息を殺したのち壁伝いに進んだ。小ぶりのリビングの窓越しに大勢の男たちの神妙な横顔が見えた。全員立ったまま目を見張っているというか、著しく真剣なまなざしで何かに見入っている。没頭しているその様子は、教会で聖体の奉挙を見守る信者たちのようだ。石のように動かぬ男たちの向こう側は、壁に映った彼らの影で暗くなっている。何をながめているんだ？　ヘラルディーナを探すことしか頭にないおれは、自分でも驚くことに何もかも忘れて部屋へと向かった。男たちは誰ひとりおれの存在に気づかない。ドアのところで立ち止まったおれは、彼らと同様、暗い石のスフィンクスと化した。柳製の椅子いっぱいに、大の字に身を広げ、ぐったりとした全裸のヘラルディーナが左右に頭を揺すっていてさ。男たちのひとりが彼女にのしかかり、男たちのひとりが彼女の体をまさぐって、男たちのひとりが彼女を犯している。それがヘラルディーナの遺体だと気づくには多少の時間を要したよ。期待に満ちた男たちの前にさらされているのは彼女の亡骸《なきがら》だ。おまえも彼らとご一緒したらどうだい、イスマエル？　と自分自身を蔑《さげす》む自分の声が聞こえてくる。若造どもに教授してやったらいいだろう？遺体の犯し方、もしくは愛し方を。おまえがつねづね夢見ていたのは、まさにこれじゃなかったか？　一糸まとわぬヘラルディーナの遺体にじっと見入っている自分に気づく。全裸の遺体はいまだ輝きを保っていて、ヘラルディーナの情熱の抱擁とでもいうべき完璧さをよそおっていた。男たちの横顔を見る限り、どいつも気が触れているとしか思えなかった。こいつらは自分の番を待っているんだよ、イスマエル。おまえも待っているんだろう？　遺体を前にしてそんなことを自問する。生命のない操り人形のごとく揺れる彼女の音を聞きながら。再びヘラルディーナが支配されている。半裸の男の単なる野蛮な行為に。どうして出張っていって、違う、そうじゃないと言ってやらないんだ？　いっそおまえが手本を示して、こう扱うんだと説明してやれよ。

「もういいだろう」と妙に間延びした声で男たちのひとりが叫んだ。「おしまいにしろ」「ずらかるぞ」と別の者が告げる。

順番待ちする三、四人は返事をしなかった。それぞれ離れ小島と化して、どの横顔もよだれを垂らしてさ。おれの横顔も同じじゃないか？　鏡を見たらもっとひどいかもしれん。

「じゃあな、ヘラルディーナ」と大声で告げ、おれはその場を去ってゆく。

背後で口々に叫ぶ声が聞こえる。

表玄関から出たおれは、涼しげな顔で通りを横切る。逃げるそぶりも見せずに振り返ることもしない。まるで何ごともなかったかのごとく――現実には起こっているが――玄関のドアに手をかける。ノブをつかむ手は震えていない。男たちがおれに向かって「なかに入るな！」と叫び、「動くな！」と言って取り囲んでくる。そのとき不意に感づいたよ。彼らが心の奥でおれを恐れていることに。これまで以上に孤立無援となった今、おれに恐れを抱くなんて。次いで「名前は？」と質してくる。「言わなきゃ、殺してやる」と。ああ、結構、そうしてくれ。おれが望んでいるのはまさにそれ。何が望みかって？　ひとり静かに眠ることなんだから。性懲りもなく「名前は？」としつこく繰り返している。何と答えてやろうかね？　おれの名前か、別の名か？　イエス・キリストとでもしておこうか。シモン・ボリーバルってのも悪くはないな。それとも〝名無し〟はどうだろう？「吾輩は名無しである」と言って笑い飛ばしてやるんだよ。からかっていると思って発砲するかもしれないぞ。そうなったら儲けもんだ。どうかそうなりますように。

訳者解説

本書はEvelio Rosero, *Los ejércitos*, Tusquets Editores, 2007の全訳である。
二〇〇六年にスペイン・トゥスケツ小説賞を受賞した本作品は、コロンビアのとある村を舞台に、今なお止むことのない武力紛争に翻弄される庶民の姿を描いた小説だ。物語は一貫して主人公イスマエルの視点と独特の語りによって進められる。農村の人間らしい、のんびりとした飾り気のない口調で語られるショッキングな内容、個々の顔が見えない〝軍隊〟が貧しい村を蹂躙《じゅうりん》していく過程がリアルに描写され、つねに危険にさらされ、死と隣り合わせの生活を強いられている人々の心情がひしひしと伝わってくる。何の変哲もない村の日常と突如訪れる危機的状況、老人と若者、大人と子ども、男と女それぞれの反応、デリカシーに欠くイスマエルが周囲の人々に向ける繊細な心遣い、衰えゆく記憶力と逆にどんどん研ぎ澄まされていく知力といったコントラストが随所にちりばめられ、主人公の声を借りて呈される素朴な疑問は辛辣な現実批判となっている。ジャーナリストでもあるコロンビアの作家エベリオ・ロセーロの鋭い観察眼と取材能力、感性が存分に発揮された文学的価値も高い秀作である。執筆に二年半を費やした著者は一旦仕上がった小説をさらに推敲し直し、文章にスピード感を持たせるため、二倍あったページ数を半分にまで削ったという。

新人作家の発掘を謳《うた》った、いわゆる賞ビジネスとしての文学賞の新設はどこの国にも共通する傾向ではあるが、そんななかでも二〇〇五年から始まったトゥスケツ小説賞は珍しく作品の質を重視し、ハードルの高い賞として知られている。第一回は該当作品なし。第二回でエベリオ・ロセーロが初受賞した（ちなみに第三回はメキシコのエルメル・メンドーサ、第四回は該当なし、第五回はアルゼンチンのセルヒオ・オルギンが受賞している）。その際、アルベルト・マングエルを長とする審査委員会からは「洗練された文体、みごとな技巧を駆使しながらも、ドラマ性を損なうことなく、ひとつの村が破滅へと追いやられる不当かつ不合理な暴力という難しいテーマに取り組んだ著者エベリオ・ロセーロの稀有な才能が際立つ作品」との賛辞が贈られている。

スペインの有力紙がこぞって絶賛したのをきっかけに注目を集めることになったが、何よりも二〇〇九年に英国「インデペンデント」紙の外国小説賞を受賞したことで、広くヨーロッパでその存在を知られるようになり、本作品は現在までにイタリア、ドイツ、フランス、イギリス、オランダ、ギリシャ、ルーマニア、ポルトガル、ブラジル、ポーランド、デンマークで翻訳出版されている。「インデペンデント」外国小説賞といえば、過去の受賞者にノーベル賞作家のジョゼ・サラマーゴやオルハン・パムク、またミラン・クンデラやスペインの人気作家ハビエル・セルカスといった錚々《そうそう》たる顔ぶれが並ぶ名誉ある賞である。この年は、二十六カ国語から英訳された百二十六の作品中、最終選考に残った六作品の著者にコロンビアの作家がふたりも含まれていたことも話題になった。

　そのもうひとりのコロンビア人作家で、当初から英国紙などで有力候補とされていたファン・ガブリエル・バスケスが、『顔のない軍隊』に関して次のようなコメントを寄せている。

「長らくコロンビアの文学界には、現実にはびこる暴力をどうにもうまく表現することができないというジレンマがつきまとっていた。過去にも多くの作家が挑んできたが、必ずしも成功を収めたとは言いがたい。だがエベリオ・ロセーロがついにそのジレンマに打ち勝った。コロンビア人であれば容易に想像がつくであろう三つの軍隊――政府軍、パラミリターレス、ゲリラ――は、いずれも個人が名前も顔も持たぬ集団だ。それらがサン・ホセという小村を舞台に繰りひろげる闘争。サン・ホセ村に関するくわしい説明はないが、一方で理不尽で残虐極まりない行為、戦争そのものの愚かさは如実に記されている」

　コロンビアから新たに登場した傑出した作家ということで、エベリオ・ロセーロはイギリスでは〝ガルシア＝マルケスの後継者〟と称されることとなったが、それに先駆け、本国コロンビアに次いで本作品にいち早く注目していたメキシコでは、すでに「不幸に喘《あえ》ぐ人々、虐げられた人々の描写の鋭さは、偉大なる作家ファン・ルルフォを彷彿させる名作だ」と高く評価されていた。年齢が比較的若く、筆力や問題意識も高いことから〝ラテンアメリカ・ブーム〟を担った大文豪たちの継承者として今後も活躍が期待できる存在であることは確かだ。

南米大陸、とりわけコロンビアでは、長年にわたって複数の武装集団同士が勢力争いを展開し、ときには同盟を結び、ときには反目し合い、血で血を洗う抗争をたえず繰り返してきた。先のコメントでバスケスが指摘していたとおり、本書の原題*Los ejércitos*が複数形となっているのも、政府軍、左派ゲリラ、右派自警団〝パラミリターレス〟、麻薬密売組織と、さまざまな立場の〝軍隊〟を表現しているからに相違ない。

農民による武装自衛運動から出発したコロンビア革命軍（ＦＡＲＣ）や国民解放軍（ＥＬＮ）といった左翼ゲリラは、農村地帯を中心に活動を展開、支配地域からの税収や麻薬売買、誘拐の身代金などを資金源にしていると言われる。政府軍の駐屯地への攻撃をはじめ、石油パイプラインの破壊、発電所の襲撃、知事や地方議員、市長への脅迫などの活動を繰り返してきた。

一方、パラミリと略称で呼ばれる右派自警団のほうも麻薬からの収益を資金源にしてはいるが、支持基盤の主流は大地主層だ。元は大土地所有者が左翼ゲリラの攻撃や誘拐から身を守るために雇った私兵であったものが、左翼政治家や労組指導者の殺害や、農民からの土地収奪を請け負う暗殺テロ集団へと変容、政府軍とともに共通の敵である対ゲリラ闘争に乗り出し、各地でゲリラ支持者と見なした人々への虐殺を始めたという経緯がある。

麻薬撲滅と治安の回復を目指す政府軍はゲリラの支配地域へたびたび侵攻し、場合によってはパラミリとゲリラが衝突して一般市民が巻き添えになるのを知りながら、見て見ぬふりをしているとも指摘されている。かつては南部に非武装地帯を設けて政府がＦＡＲＣとの和平交渉を試みた時期もあったが、交渉が決裂して以降、ＦＡＲＣ拠点への連続爆撃も含めて情勢は悪化の一途をたどる。とりわけ対ゲリラ強硬派として知られるアルバロ・ウリベが大統領に就任してからは、米国ブッシュ政権による軍事援助が増大した。行き過ぎた無差別攻撃や虐殺行為に関与していたコロンビア軍将校たちの多くが、かの悪名高き〝米軍アメリカ学校〟で訓練を受けていた事実、極右パラミリによる人権侵害などが問題視され、多くの国際機関から非難の声が上がっている。

パラミリの存在を望まぬゲリラ、ゲリラの存在を望まぬパラミリ、両者の支配権をめぐる戦いに巻き込まれる村々。政府軍の攻勢によって支配地域からの撤退を余儀なくされるゲリラ、実際には従わざるをえなかっただけにもかかわらず、ゲリラ支持者と見なされて強制追放される村人たち。ゲリラ、パラミリ、政府軍の三つ巴、加えて麻薬組織との抗争が絡み、さらにそこへ米国が介入。近年は資金調達の手段として、人々を誘拐して別の組織に売り飛ばす集団まで出現してきている。そんな混戦・泥沼状態で、血を流し傷つくのはいつも弱い立場にある人々だ。政府軍の兵士として志願、徴用された者も、ゲリラやパラミリの活動に身を投じた者も、どちらも貧困層の出身者という皮肉な現実もある。それなのに為政者は、貧困の原因を無視して軍事力による即時解決を試みるため、いつまでたっても寡頭支配と貧富の差は解消されず、温存されていくばかりだ。

コロンビア国内には内戦から地域を分離し、ゲリラにもパラミリ／政府軍にも支配されない非武装・中立を宣言した〝平和コミュニティ〟が存在する。だが、独自の道を歩むことを認めない各軍事組織から嫌がらせや脅迫、封鎖や虐殺が横行。相次ぐ攻撃に屈することなく初心を貫きつづける村がある一方、暴力に耐えかねて武器を取り自衛の道を選ぶ村も出る事態に発展している。

戦闘服を身につけることで自己が集団と一体化し、個人的な感情や感覚を失うことで残虐行為に拍車がかかる。著者エベリオ・ロセーロは〝暴力〟をテーマに小説を書くつもりはなかったが、毎日のように報じられる殺人、拷問、誘拐事件に驚愕するとともに、国民のあいだに蔓延しつつある無関心、住む場所を奪われ、絶望の淵へと追いやられた、よるべない人々に対する嫌悪感や同情のなさを目の当たりにしたことで、本書の執筆へと駆り立てられたという。

「ゲリラによる爆破、誘拐、殺害事件などの報道を目にするたびに呆然となるよ。つい先日も〝パラミリ〟が何百人もの犠牲者の遺体を埋めた共同墓地がスクープされてね。そういった現実にわれわれの心は日々痛めつけられている。そんな現状打開に向けて、自分自身が具体的に行動できる方法は小説しかないと考えたんだ」

小説の前半では、貧しいながらも心穏やかに暮らす村人たちの平凡な日常の風景が描かれる。しかし物語が進行するにつれて、人間がおこなう暴力とそれによって生み出される悲劇、無力感、苦悩が物語全体を覆っていく。ロセーロは次のように語る。

「小説の舞台はコロンビア国内のどこにでもある平凡な町や村と同様、われわれが直面している紛争問題に日々生活を脅かされている架空の村。そこへうちの母が暮らすカリで実際に難民たちから聞いた話を盛り込んだ。だから文中に登場するエピソードはすべて実話だ。誘拐した妻子の指を切り落として夫に送りつける話も、『おまえら、皆ゲリラだろう！』と叫び、市民に向かって無差別に発砲する軍人の話も、どれひとつとっても作り話ではない」

サン・ホセ平和村という名称は、コロンビア北部アンティオキア県にある平和コミュニティの草分け的存在、サン・ホセ・デ・アパルタドと、そこで発生した虐殺事件を彷彿させる。しかし著者は作品中、「この問題は根本から解決しなければ意味がない。過去にアパルタドとトリビオ、現在はサン・ホセ、今後どの村でも起こりうることだからだ」という言葉でこれを暗に否定。事実をそのまま用いるのではなく、他地域で起こった事件をも含めてフィクション化し、まったく別のものに作り変えている。〝サン・ホセ〟というコロンビアでは広くなじみのある地名を選び、国内で実際に発生している事件を混ぜ合わせることで、物語を特定の地域に限ったものとせずに一般化し、どこにでも起こりうる身近な問題として読者にとらえさせようとしたのだ。〝平和コミュニティ〟という言葉を使わずに〝平和村〟とし、舞台をコロンビア南部（作品に登場する複数の地名から、ウイラあるいはカウカ県周辺と推測される）に設定したのもそのためだろう。

絶えることのない内戦状態に加え、著者が懸念する問題のひとつに、辺境の村々から逃げざるをえなかった何千何万もの〝国内難民〟がある。複数の軍隊の板挟みになり、破壊された村々からボゴタやカルタヘナ、メデジン、カリといった大都市圏へと流れ着く人々については、国内外のメディアもさほど取りあげようとはしない。それゆえに、彼らはこちらが見ようとしなければ見えてこない存在だが、それは社会にとっての大きな盲点だという。

「問題は日に日に深刻化しているよ。なぜなら、村や町を捨てざるをえなかった人々は、都市で別の暴力行為に走る。住まいはおろか、食べる物すらない彼らは、生きるために盗まなければならないからね」

孤児となった子どもたちや、体が弱った老人たちが死んでゆく現実も悲惨だ。地域争奪戦の末、ゲリラもパラミリも敵向けの地雷を埋めて撤退するのだが、自分たちの土地に仕掛けられた地雷を踏んで犠牲となっているのはおもに民間人、とりわけ幼い子どもたちだ。また、目の前で親を殺され、ショックで言葉を失った子どももいる。

内戦による惨劇を阻止するためとはいえ、巨額の国家予算が武器購入費等に充てられている。国が前進するための基本となる医療や学校教育、公共サービスに回してほしいと多くの市民から批判の声が上がっているという。

「戦闘には最先端の技術を駆使するのに、本来救済されるべき人々には最低限の援助すらない。そんな世のなかはおかしい」

さらに作家は比較的恵まれた生活を送っている人々の、問題への無関心さにも警鐘を鳴らす。

「現実を見ようとせず、もしくは見えないふりをし、そんなものは存在しないかのように生きている。『わたしは難民です』と書いた紙を手に物乞いをしている人々が発する信号をキャッチしない。これも毎日のように凶悪事件の報道にさらされ、麻痺してしまった証拠かもしれない」

どんなに複雑で理解しがたい紛争であっても、そこに生きているのは同じ人間だ。そう考えると、たとえ政治情勢がわからなくても、日常のなかの戦争、心の叫びは感じ取れるのではないか。だからこそ著者は、これまであまり語られてこなかった現実をあえて見せることにした。「一冊の本が社会を変えるのは不可能だ。しかし長期的に見れば、読者の意識を変える一助になる可能性は高い。映画やテレビのドキュメンタリー番組のような直接的な影響や、即効性はないかもしれない。それでも文学が読者の社会を見る目を変えてくれるのではないか」と信じて——。

エベリオ・ロセーロは過去にも、困窮者に無償で食事を提供するボゴタ市内の教会をユーモアや皮肉を交えて描いた『昼食』（二〇〇一年に発表されたが、今回の受賞をきっかけに二〇〇九年トゥスケツ出版から再刊）のなかで内戦や都市部の抱える貧困問題について触れている。だが、その間にコロンビアの紛争は劇的に悪化し、抜き差しならない状態になっている。『顔のない軍隊』がこれまでの作品とは比較にならないほど現実をつぶさに描写し、あからさまな批判を展開しているのはそのためだ。祖国の抱える問題に真っ向からぶつかり、暗部に光を当て、人々の問題意識を喚起するという重大な作業に全精力を使い果たした著者は執筆後、疲れきってしばらく何も手につかなかったという。軽いタッチなのに重厚感があり、中篇ながらも読み応えのある本作品が読む者の心を打ち、感動を呼び起こすのは、一行一行、ひとつひとつの言葉に込められた著者の訴えに共鳴するからなのだろう。

このような現状を打破するためにコロンビア国内で行動を起こしたのは、エベリオ・ロセーロだけではない。いくつか例を挙げてみよう。

コロンビアを代表する画家フェルナンド・ボテロ。丸々としたユーモラスな人物をモチーフに温和な世界を描くことで知られている彼は、国内外における甚大な暴力と悲劇を前に、世界史上ことさら理不尽なこの時代を証言する使命感に駆られ、近年コロンビア内戦や、イラク戦争と戦後アルグレイブ刑務所で発生した非人道的取り扱いをテーマにした連作を発表した。ゲリラに破壊された教会や国内難民たちの姿、捕らわれの身となった者たちの苦悩、柩《ひつぎ》にすがりつく母親、拷問や銃殺の場面など、〝恐怖〟や〝暴力〟を表現し、世に問うている。

音楽界では、人気歌手シャキーラが一九九五年にNGO団体Fundación Pies Descalzosを創設。以来、国内難民の子どもたちの支援を継続し、国連から表彰。その精力的な活動は海外でも高く評価されている。自身のアルバムやコンサートの収益に加え、ドイツのテレビ局RTLテレビジョンやスペイン・マドリッド市、同国カタルーニャ州に本拠地を持つ自動車会社のSEATや、世界的なカジュアルレストラン・チェーンのハードロックカフェといった企業から寄付を受け、二〇〇九年にはコロンビア北部のバランキージャに学校を開校している。

近年来日して話題になったファネスも二〇〇六年にFundación mi sangreを組織。対人地雷の被害者となった子どもたちへの援助や、地雷撤去キャンペーン、平和な社会を築くべく啓発活動を続けている。こちらもコロンビア・アンティオキア大学やドイツ政府、国際赤十字、国際ロータリーほか、国内外の諸団体から多数の賛同を受け、プロジェクトを展開中である。またふたりは、イベロアメリカ圏の芸術家、知識人、企業経営者らによって二〇〇六年に設立され、貧困層の乳幼児に対する健康や栄養、教育の支援プログラムを実施している非営利団体ＡＬＡＳ（América Latina en Acción Solidaria：名誉会長はガブリエル・ガルシア＝マルケス）のメンバーでもある。

彼らに共通するのは祖国に対する誇りと愛情、そして「ひとりひとりが幸せになれないような政治や世界は、どんなに美しい言葉で飾っても無意味だ」という姿勢だ。周囲で発せられているＳＯＳをキャッチし、人々の苦悩から目をそらさない。現実離れしたスローガンを掲げて宣伝し、立派なおこないをしている自分に酔いしれるのではなく、少しでも事態が改善するよう、まずは身近なところから出発し、できることから率先して行動に移す。そういった地道な活動は即効性や話題性のあるものではなく、地味で時間がかかり、成果もすぐには見られない。しかしそれだけに、ひとつひとつ積みあげられた実績と一度手にした信頼の力は揺るがず、たとえ派手な宣伝をしなくとも、徐々に世に認められ、おのずから賛同者を呼び、協力の輪が広がっていくものだ。

世界を見ることはみずからの国を問い直すことでもある。確かに、日本ではコロンビアのような内戦は生じていないし、わたしたちには無関係と言えばそれまでだ。しかし紛争の裏に隠された諸悪の根源は、地域を問わず人間社会に共通のものである。たとえば、本作品のなかで繰り返し訴えられている〝無関心〟の態度ひとつを取っても、けっして他人事とは言いきれないだろう。

そういった本質的な問題を単なる遠い国の事象としてではなく、どれだけ自国に当てはめて考えられるか。他者の痛みをどう自分の痛みとして感じることができるか。コロンビアの小村を舞台にしたこの小説によって、日本の読者がみずからを振り返るきっかけとなったなら、著者にとってそれほどうれしいことはないだろう。エベリオ・ロセーロの切なる思いが本書を手に取った人々の心に響き、周囲に波及して大きな波を生み出すよう願ってやまない。

ここで、著者の経歴に若干の補足をしておきたい。

十代の頃からボゴタの新聞各紙に詩や短篇を発表していたロセーロは、文学を生業《なりわい》とするにはジャーナリズムを極めるのが近道と考えてコロンビア・エステルナド大学に進学、社会コミュニケーション学を専攻する。だが大学の講義に学ぶべきものはないと悟って中退、ジャーナリズムの世界に飛び込み、フリーランスの特派員としてフランスやスペインに駐在した。しかし記者としての収入だけでは暮らしていかれず、パリでは地下鉄駅でフルートを吹いたり、バルセロナでは洗車のアルバイトをしたりと、あらゆる手段で稼がざるをえなかったが、困難な生活のなかでも、けっして作家になるという当初の目標をあきらめることはなかった。現在は作家としての活動に専念しているが、このジャーナリスト時代の経験とそこで培《つちか》ったものの見方が小説を執筆するうえで大いに役立っているという。

著者の日常生活は至ってシンプルで規則正しいものだ。早朝三時に起床、午前中は原稿の執筆、午後はその修正に費やし、早めに就寝する。作家はつねに五感を研ぎ澄ましていなければならない、体力勝負の仕事である。心身の状態をベストに保つため、運動は欠かせない。可能な日には一時間から一時間半、ボゴタ市内のサイクリングロードを自転車で走り回り、山までサイクリングするという。

それに加えて何カ月、ときには何年と続く長く孤独な執筆期間になくてはならないのが音楽だ。音楽好きな家庭で育ったロセーロにとって、ギターをつま弾いてボレロを演奏したり、フルートでアンデスの音楽を奏でたりするのが一服の清涼剤になっているという。またクラシック音楽をかけながら執筆することが多く、たとえば、開始時にワーグナーを選んだら終了までそればかりをかけるというこだわりがあるとか。八人いるロセーロの兄弟は、それぞれ弁護士、エコノミスト、人類学者……と別の道に進んではいるが、いずれも音楽と文学をこよなく愛し、彼の作品の最初の読者として忌憚のない意見を聞かせてくれているそうだ。

末筆となったが、本書刊行にあたっては、今回も作品社編集部の青木誠也氏、装丁、組版と、さまざまな過程で多くの方々のお世話になった。ここに深く感謝の意を表したい。

二〇一一年一月

八重樫克彦
八重樫由貴子

【著者・訳者略歴】

エベリオ・ロセーロ（Evelio Rosero）

1958年コロンビア・ボゴタ生まれの作家・詩人・ジャーナリスト。ポスト“ラテンアメリカ・ブーム”世代を担う小説家のひとり。著書に*Cuchilla*（『肉切り包丁』、2000）、*Los almuerzos*（『昼食』、2001）、*Los escapados*（『逃避者』、2007）、*Los ejércitos*（『顔のない軍隊』、2007）、ほか多数。コロンビアおよびメキシコで数々の文学賞を受賞しているが、2006年に『顔のない軍隊』でスペイン・トゥスケツ小説賞を受賞、「エル・パイス」、「ラ・バングアルディア」、「エル・ウニベルサル」、「エル・ペリオディコ」といったスペインの有力紙がこぞって絶賛したことをきっかけに、広くヨーロッパでその存在を知られるようになる。2009年には同作で英国「インデペンデント」紙外国小説賞を受賞、英国各紙誌からも高い評価を得た。著作は英語、イタリア語、スウェーデン語、デンマーク語、フィンランド語、ノルウェー語、ドイツ語、フランス語、オランダ語、ギリシャ語、ルーマニア語、ポルトガル語、ポーランド語に翻訳されている。

八重樫克彦（やえがし・かつひこ）

1968年岩手県生まれ。ラテン音楽との出会いをきっかけに、長年、中南米やスペインで暮らし、語学・音楽・文学などを学ぶ。現在は翻訳業に従事。訳書に『マラーノの武勲』、『天啓を受けた者ども』、『チボの狂宴』（以上作品社）、『御 者《エル・コチエーロ》』（新曜社）『音楽家のための身体コンディショニング』（音楽之友社、すべて八重樫由貴子と共訳）。

八重樫由貴子（やえがし・ゆきこ）

1967年奈良県生まれ。横浜国立大学教育学部卒。12年間の教員生活を経て、夫・克彦とともに翻訳業に従事。

顔のない軍隊

2011年2月1日初版第1刷印刷
2011年2月5日初版第1刷発行

著　者　エベリオ・ロセーロ
訳　者　八重樫克彦、八重樫由貴子
発行者　髙木 有
発行所　株式会社作品社
〒102-0072 東京都千代田区飯田橋2-7-4
TEL.03-3262-9753　FAX.03-3262-9757
http://www.tssplaza.co.jp/sakuhinsha/
振替口座00160-3-27183

編集担当　青木誠也
本文組版　前田奈々（あむ）
装　幀　小川惟久
印刷・製本　シナノ印刷株式会社

ISBN978-4-86182-316-9 C0097

【作品社の本】

老首長の国
ドリス・レッシング アフリカ小説集

ドリス・レッシング 著　青柳伸子 訳

自らが五歳から三十歳までを過ごしたアフリカの大地を舞台に、
入植者と現地人との葛藤、古い入植者と新しい入植者の相克、
巨大な自然を前にした人間の無力を、重厚な筆致で濃密に描き出す。
ノーベル文学賞受賞作家の傑作小説集！

ISBN978-4-86182-180-6

メアリー・スチュアート

アレクサンドル・デュマ 著　田房直子 訳

三度の不幸な結婚とたび重なる政争、十九年に及ぶ監禁生活の果てに、
エリザベス一世に処刑されたスコットランド女王メアリー。
悲劇の運命とカトリックの教えに殉じた、孤高の生と死。
文豪大デュマの知られざる初期作品、本邦初訳！

ISBN978-4-86182-198-1

【作品社の本】

被害者の娘

ロブリー・ウィルソン 著　あいだひなの 訳

同窓会出席のため、久しぶりに戻った郷里で遭遇した父親の殺人事件。
元兵士の夫を拳銃自殺で喪った過去を持つ女を翻弄する、苛烈な運命。
田舎町の因習と警察署長の陰謀の壁に阻まれて、停滞し迷走する捜査。
十五年の時を経て再会した男たちとの愛憎の桎梏に、絡めとられる女。
亡き父の知られざる真の姿とは？　そして、像を結ばぬ犯人の正体は？

ISBN978-4-86182-214-8

幽霊

イーディス・ウォートン 著　薗田美和子、山田晴子 訳

アメリカを代表する女性作家イーディス・ウォートンによる、
すべての「幽霊を感じる人《ゴースト・フィーラー》」のための、珠玉のゴースト・ストーリーズ。
静謐で優美な、そして恐怖を湛えた極上の世界。

ISBN978-4-86182-133-2

【作品社の本】

金原瑞人選オールタイム・ベストYA

とむらう女

ロレッタ・エルスワース 著　代田亜香子 訳

19世紀半ばの大草原地方を舞台に、母の死の悲しみを乗りこえ、
死者をおくる仕事の大切な意味を見いだしていく少女の姿を
こまやかに描く感動の物語。
厚生労働省社会保障審議会推薦児童福祉文化財。

ISBN978-4-86182-267-4

金原瑞人選オールタイム・ベストYA

希望《ホープ》のいる町

ジョーン・バウアー 著　中田香 訳

ウェイトレスをしながら高校に通う少女が、
名コックのおばさんと一緒に小さな町の町長選で正義感に燃えて大活躍。
ニューベリー賞オナー賞に輝く、元気の出る小説。
全国学校図書館協議会選定第43回夏休みの本（緑陰図書）。

ISBN978-4-86182-278-0

【作品社の本】

金原瑞人選オールタイム・ベストYA

私は売られてきた

パトリシア・マコーミック 著　代田亜香子 訳

貧困ゆえに、わずかな金でネパールの寒村から
インドの町へと親に売られた13歳の少女。
衝撃的な事実を描きながら、深い叙情性をたたえた感動の書。
全米図書賞候補作、グスタフ・ハイネマン平和賞受賞作。

ISBN978-4-86182-281-0

話の終わり

リディア・デイヴィス 著　岸本佐知子 訳

年下の男との失われた愛の記憶を呼びさまし、
それを小説に綴ろうとする女の情念を精緻きわまりない文章で描く。
「アメリカ文学の静かな巨人」による傑作。
『ほとんど記憶のない女』で
日本の読者に衝撃をあたえたリディア・デイヴィス、待望の長編！

ISBN978-4-86182-305-3

【作品社の本】

愛するものたちへ、別れのとき

エドウィージ・ダンティカ 著　佐川愛子 訳

アメリカの、ハイチ系気鋭作家が語る、母国の貧困と圧政に翻弄された少女時代。
愛する父と伯父の生と死。
そして、新しい生命の誕生。感動の家族愛の物語。
全米批評家協会賞受賞作！

ISBN978-4-86182-268-1

骨狩りのとき

エドウィージ・ダンティカ 著　佐川愛子 訳

姉妹のように育った女主人には双子が産まれ、愛する男との結婚も間近。
貧しくもささやかな充足に包まれて日々を暮らす彼女に訪れた、運命のとき。
全米注目のハイチ系気鋭女性作家による傑作長篇。米国図書賞《アメリカン・ブックアワード》受賞作！

ISBN978-4-86182-308-4

【作品社の本】

マラーノの武勲

マルコス・アギニス 著　八重樫克彦・八重樫由貴子 訳

「感動を呼び起こす自由への賛歌」——マリオ・バルガス＝リョサ絶賛！
16〜17世紀、南米大陸におけるあまりにも苛烈なキリスト教会の異端審問と、
命を賭してそれに抗したあるユダヤ教徒の生涯を、
壮大無比のスケールで描き出す。
アルゼンチン現代文学の巨人アギニスの大長篇、本邦初訳！

ISBN978-4-86182-233-9

天啓を受けた者ども

マルコス・アギニス 著　八重樫克彦・八重樫由貴子 訳

合衆国南部のキリスト教原理主義組織と、
中南米一円にはびこる麻薬ビジネスの陰謀。
アメリカ政府と手を結んだ、南米軍事政権の恐怖。
アルゼンチン現代文学の巨人マルコス・アギニスの圧倒的大長篇。
野谷文昭氏激賞！

ISBN978-4-86182-272-8

【作品社の本】

チボの狂宴

マリオ・バルガス゠リョサ 著　八重樫克彦・八重樫由貴子 訳

1961年5月、ドミニカ共和国。
31年に及ぶ圧政を敷いた稀代の独裁者、トゥルヒーリョの身に迫る暗殺計画。
恐怖政治時代からその瞬間に至るまで、さらにその後の混乱する共和国の姿を、
待ち伏せる暗殺者たち、トゥルヒーリョの腹心ら、排除された元腹心の娘、
そしてトゥルヒーリョ自身など、さまざまな視点から複眼的に描き出す、
ノーベル文学賞受賞作家による圧倒的な大長篇小説。

ISBN978-4-86182-311-4

悪い娘《こ》の悪戯《いたずら》

マリオ・バルガス゠リョサ 著　八重樫克彦・八重樫由貴子 訳

（近刊）